男女の友情は成立する？
いや、しないっ!!
七菜なな
イラスト／Parum
デザイン／伸童舎
Flag 5.
じゃあ、まだ30になってないけどアタシにしとこ？

contents

大塚日

高校の授業にて
笹木光一
Koichi Sasaki
外見は怖そうだけど、実は生徒から人気な数学の先生。

「新木せんせーっ！　言わなくていいから！」
犬塚日葵
Himari Inuzuka
この夏のあれこれを経て、ついに悠宇とお付き合いを始めた元親友。
数学II

「さ、悠宇。学校行こ？

「夏休みと違って、犬塚ちゃんのヤンデレオーラが消えて……」
新木由美
Yumi Araki
小学生だった悠宇に花の扱い方を教えた生け花の先生。
生花教室にて

男女の友情は成立する？
＼いや、しないっ!!／
七菜なな
イラスト／Parum
Flag 5.
じゃあ、まだ30になってないけどアタシにしとこ？

# Prologue

# 月下美人の憂鬱

どうも。

いずれ最強を超《こ》える者、真木《まき》島《しま》慎司《しんじ》だ。

さて、長かった夏休みも明日でお終《しま》い。長かった。かなり長かった。たぶん気のせいではなかろう。体感で夏休み三回分のイベントがあったような気がする。

8月30日の深夜。そろそろ日付が変わりそうな頃《ころ》。

オレは自室のベッドに寝転《ねころ》がって、すいすいとスマホをいじっていた。カノジョが明日、どこかに連れていけと言っている。

(明日か。まあ、部活は休みだし、宿題も終わっておるしなァ……)

今年の夏は、リンちゃんやナツばかりに構っていて、カノジョへのサービスが疎《おろそ》かになっていた。まあ、最後の日くらいよいだろう。

「えーっと。明日、リンちゃんたちが東京から戻《もど》る飛行機は何時だったか……」

それまでにカノジョとのデートは終わらせなければならない。なぜならリンちゃんに、この東京旅行の成果を聞かなければならんからな。

（さすがに朴念仁《ぼくねんじん》のナツといえど、一週間もリンちゃんと二人きりとなれば冷静ではいられまい。いくらか進展も……と、本来の予定ではそうなるはずだが）

どうも嫌《いや》な予感がする。

また紅葉《くれは》さんが茶々を入れることはわかっているし、トラブルがあるのは必定だ。それがリンちゃんにプラスに働けばいいのだが、紅葉《くれは》さんはプライベートとなると死ぬほど空気が読めんからなァ。

（まったく、リンちゃんもリンちゃんだ。変な理想に縛《しば》られておらんで、さっさとナツを奪《うば》ってしまえばよいのに……）

ま、そういう青いところは嫌《きら》いではないが。

オレはベッドから立ち上がると、部屋を出て台所に向かった。ギシギシ音を立てる廊下《ろうか》を歩いていると、ちょうど玄関《げんかん》に差《さ》し掛《か》かったところでドアが開く。

兄貴だった。

もっさりとした前髪《まえがみ》が鬱陶《うっとう》しい、いかにも人畜《じんちく》無害そうな眼鏡男子。いつもの袈裟《けさ》を着た住職スタイルではなく、プライベートのシャツとジーンズだ。

「慎司《しんじ》。まだ寝《ね》てなかったの？」

「そろそろ寝《ね》ようと思っておったところだ。兄貴こそ、こんな時間にどうした？」

外に出ているとは思わなかったので驚《おどろ》いた。この時間、兄貴はいつも自室で嫁たちと過ごしているはずだ（ただし二次元に限る）。

「タバコでも買いに行っておったのか？　それなら、オレも行ったのだが……」

「いや、最近は禁煙《きんえん》してるんだ。ユキさんが、タバコ吸う男は嫌《きら》いだから」

「……その嫁に合わせて嗜好《しこう》を変えられる精神力は尊敬するよ」

この兄貴、その時々のアニメの推《お》しに合わせて趣味《しゅみ》を変更《へんこう》したり、生活スタイルを律することを生きがいにする。

たとえば昔は「いつ召喚《しょうかん》されてもいいように」と魔法《まほう》の勉強をしたり、最近では謎《なぞ》の木箱を背負って生活を始めたり……オレから見れば、狂気《きょうき》の沙汰《さた》だ。愛の形は人それぞれだから、否定する気はないが……。

兄貴は紙袋《かみぶくろ》を下げていた。いかにも菓子《かし》の詰《つ》め合《あ》わせという感じだ。もしかしたら、仕事の関係者と会っていたのかも……ん？

その紙袋《かみぶくろ》に、羽田空港のロゴが記してあった。

「あ、これ？　今、榎本《えのもと》さん家の凛音《りおん》ちゃんを迎《むか》えに行ったんだ」

「リンちゃんを？　どこに？」

「空港だよ。なんか最終便で東京から帰ってきたはいいけど、こっちの終電を乗り過ごしちゃったらしくてね。おばさんに頼《たの》まれて、僕が車を出したんだ。慎司《しんじ》も連れて行こうかと思ったけど、裏のコートで自主練してたから邪魔《じゃま》しちゃ悪いかなって」

「……リンちゃんの他には？」

「凛音《りおん》ちゃん一人だよ？　紅葉《くー》ちゃんが東京に戻《もど》るのについていったって聞いたけど」

はい、とリンちゃんからもらったらしいお土産《みやげ》の紙袋《かみぶくろ》を渡《わた》してきた。

兄貴は欠伸《あくび》をしながら、自室へと引っ込んでいった。おそらく徹夜《てつや》で嫁との時間を過ごすのだろう。明日も早いのに、よく家庭を大事にするものだ（ただし二次元に限る）。

「……というか、リンちゃんが一人で帰ってきただと？」

おかしい。

予定では二人が帰ってくるのは明日だ。それが早まったというなら構わないが、ナツがいないというのは妙《みょう》な話だ。

オレは台所のテーブルに紙袋《かみぶくろ》を置くと、窓から裏の管理墓地を見回した。

真っ暗な夏の墓地の向こう……リンちゃん家の洋菓子店《ようがしてん》が見える。二階に電気が点《つ》いていた。

どうやら、本当にリンちゃんが帰っているらしい。

なーんか、嫌《いや》な予感がする。

それはそうだ。リンちゃんにとって、この旅行は日葵《ひまり》ちゃんの目の届かないところでナツを独占《どくせん》できる数少ないチャンス。それを丸一日、繰《く》り上《あ》げて帰ってくるのはあり得ない。

オレは部屋に戻《もど》ると、スマホでラインを送った。

『リンちゃん。帰ったのか？』

すぐに既読《きどく》がついた。返信はなかったので、さらにメッセージを送る。

『予定では、明日ではなかったか？』

『しーくんに関係ないじゃん』

……オレに旅行プランを練らせたのは誰《だれ》であったかなァ？

微妙《びみょう》な苛立《いらだ》ちを抑《おさ》えながら、オレは平静を保つために自分の頬《ほお》をつねる。痛い。まだ大丈夫《だいじょうぶ》だ。

（えらく久しぶりに、構ってちゃんが顔を出しておるなァ。……これは何かあったな）

オレは『今から行くぞ』とメッセージを打つと、玄関《げんかん》でスリッパを突《つ》っかけて家を出た。

墓地の外周を遠回りして、リンちゃん家《ち》の洋菓子店《ようがしてん》に正面から訪《おとず》れた。とはいっても、すでに店は消灯して静寂《せいじゃく》に包まれている。

裏口に回ると、勝手知ったる感じで邪魔《じゃま》をした。おばさんはすでに寝《ね》てるはずだから、足音を立てないように歩いていく。

二階に上がって、リンちゃんの部屋のドアを叩《たた》いた。返事はない。ドアの隙間《すきま》から光が漏《も》れているから、寝《ね》てしまったわけではないだろう。

「リンちゃん。入るぞ」

たっぷり10秒待って、ドアを開けた。


窓際で脚を組み、リンちゃんが葉巻のようなものをぷかーっと吸っていた。


「コラァァァァァアアアアアアアアアアアアアアアアアアアアアアアアアアアアアアアアアアアアアアアアアアアアアアアアアアアアアアアアアアアアアアアアアアアアアアアアアアアアアアアアアアアアアアアアアアアアアアアアアアアアアアアアアアアアアアアアアアアアアアアアアアアアアアアアアアアアアアッ!!」

オレは怒声《どせい》を上げて、それを取り上げた！

こいつ、いきなり喫煙《きつえん》など何を考えて——んん？　その取り上げたものを見て、オレは唖然《あぜん》とした……。

ヨックモックのシガールだった。

ほら、あの薄《うす》いクッキー生地《きじ》を巻いて筒状《つつじょう》にしたお菓子《かし》だ。盆暮《ぼんくれ》に贈《おく》られると、ちょっと嬉《うれ》しいお高いやつ。まあ、オレは甘いの苦手だから、あくまで一般《いっぱん》論ではあるが。

「……しーくん。うるさい」

リンちゃんは吐《は》き捨《す》てるように言うと、テーブルの羽田空港のロゴが入った土産袋《みやげぶくろ》から二本目のシガールを取り出した。

先端《せんたん》をトントンと指で叩《たた》き、小さな唇《くちびる》に咥《くわ》える。そして咥《くわ》えていないほうの先端《せんたん》を両手で包むと「シュボッ」と着火音を呟《つぶや》いた。

ゆったりと脚《あし》を組み直して、葉巻を吹《ふ》かすかのようにシガールを指につまんだ。

「しーく……坊《ぼう》や。こんな夜更《よふ》けにどうしたの？」

「どうしたの、はこっちの台詞《せりふ》なのだが⁉」

わざわざ言い直すなら、最初から変なキャラ付けをしなければよいだろう。なぜに突然《とつぜん》、ノワールを気取り始めたリンちゃんの相手をしなけりゃならんのだ。

オレがドン引きしていると、リンちゃんはフッと嘲笑《ちょうしょう》した。窓の外に紫煙《しえん》を吐《は》く動作をする。

……なんか無性《むしょう》にイラッとするのはオレだけであろうか？

「女はいつまでも子どものままじゃいられないの。わかるよね？」

「それはわかるが、言葉の理解に致命《ちめい》的なすれ違《ちが》いが生じているような気がするなァ」

奇行《きこう》はいつものことだが、今回はことさら意図が読めない。

このお出かけ用の格好を見るに、帰ってきて風呂《ふろ》にも入ってないのだろう。まったく、こんなテンションがおかしなことになっている女を車に乗せて1時間以上も耐《た》えた兄貴には頭が下がるよ。

（……待てよ？）

この現状……色々な要素を鑑《かんが》みるに、オレは一つの仮定を導き出した。その整合性を検証すべく、両腕《りょううで》を広げて大仰《おおぎょう》に笑った。

「ああ、なるほどなァ。とうとうナツに大人にされてしまったか。男女が一週間も一緒にいれば、そういうことになってもおかしくはあるまい。いや、よかった。オレも手を貸したかいがあったというものだ」

「……っ」

リンちゃんが、オレの空気の読めないジョークにぴくっと反応する。その右腕《みぎうで》がばたばたと周囲を叩《たた》くと、たまたま手にしたスタンドライトをぶん投げてきた。

オレはそれを慌《あわ》ててキャッチすると、大きくため息をつく。

「……で、何があった？」

やはりトラブルがあったらしい。こりゃまた慰《なぐさ》めパーティか……。

オレが「とりあえず大会が終わった後で助かった……」と自身の体重に思いを馳《は》せていると、リンちゃんがシガールをカリカリ食べきった。カーテンも閉めていない窓枠《まどわく》に身体《からだ》をもたせかけて、真っ暗な墓地を眺《なが》める。

「ゆーくん、わたしよりアクセのほうが大事なんだって」

「………………」

はァ？

オレはその内容に、正直、拍子抜《ひょうしぬ》けした。

「リンちゃん、今さら何を言っておるのだ？　そんなこと、とうの昔からわかっておったことであろう？」

リンちゃんが、むっとした。ようやく人間らしい顔になったと思ったら、いきなりデスクの上の学校の鞄《かばん》をぶん投げてくる！

スタンドライトで手がふさがっているオレの顔面に、見事に命中した。

「わかってたけど！　でも今回はわたしのご褒美《ほうび》旅行じゃん！　何よりわたしのこと一番にしなきゃダメなはずじゃん！　それなのにすぐお姉ちゃんの誘《さそ》いに乗って、わたしのことほったらかしなんだよ⁉　そんなのダメに決まってんじゃん‼」

リンちゃんがわっと叫《さけ》ぶもんだから、オレは慌《あわ》てて部屋のドアを閉めた。おばさんが起きてきたら面倒《めんどう》だ。

いや、この深夜に年頃《としごろ》の娘《むすめ》の部屋に男がいることが問題なのではない。

あのおばさんのことだ。絶対に恋《こい》バナの気配を感じ取り、ノリノリで参加したがるに決まっている。そうしたらアウトだ。洋菓子店《ようがしてん》のほうからあるだけの焼き菓子《がし》を持ってきて、アホほど食わせられるに決まっている。……ちなみに春先の頃《ころ》の慰《なぐさ》めパーティでオレの体重が三キロも増えたのは、それが原因でもある。

オレは鞄《かばん》を投げ返すと、リンちゃんのデスクの椅子《いす》に脚《あし》を組んで座った。

「……なるほど。状況《じょうきょう》は理解した。ナツめ、旅行でも相変わらずのアクセ馬鹿だったわけか」

「しーくん、どうせお姉ちゃんの妨害《ぼうがい》のこと知ってたんでしょ？」

「まあな。だがオレに怒《いか》りをぶつけるのはお門違《かどちが》いだ。オレの仕事は、あくまでリンちゃんたちが東京に行くまでのプラン作成だ。向こうに着いてからのトラブルの対処までは勘定《かんじょう》に入ってなあだだだだだだだ。リンちゃん、ギブだ、ギブギブ、オレが悪かった、悪かったからアイアンクローは勘弁《かんべん》したまえ。オレの美貌《びぼう》が歪《ゆが》む、人生ごと歪《ゆが》んでしまう……っ！」

流れるような制裁を喰《く》らいながら、オレはリンちゃんの腕《うで》をバシバシ叩《たた》いた。

一瞬《いっしゅん》、三途《さんず》の川の向こうに死んだ祖父《じい》さんが見えたような気がしたが、どうにか生還《せいかん》できた。

……中学校の頃《ころ》は「美人な幼馴染《おさななじみ》がいて羨《うらや》ましい」とか言われたものだが、この性格を知ってて言えるもんかと問いただしてやりたいよ。

「そもそも、オレにどうしろと言うのだ！　一緒《いっしょ》に東京についていけばよかったとでも言うつもりか⁉　どうせ『二人きりの旅行だから邪魔《じゃま》するな』と文句を言うのがリンちゃんなら、紅《くれ》葉《は》さんを計画のメンバーに押し込んだのもリンちゃん自身だ！　紅葉《くれは》さんがやられっぱなしで黙《だま》ってるはずないと、最初から予想できることであろう⁉」

「……っ！」

リンちゃんが、うっとたじろぐ。

攻守《こうしゅ》逆転だ。オレはここぞとばかりに私見を述べていく。

「さらに言うなら、リンちゃん自身に覚悟が足りなかっただけであろう。どうせ一緒《いっしょ》にいられるだけで幸せ～とか甘っちょろいこと考えていたのであろうが。日葵《ひまり》ちゃんのやり方が正しいとは言わんが、あれくらい強引《ごういん》に迫《せま》らんとナツの信念を曲げられないことはわかっていたはずだ」

「～～～～っ！」

リンちゃんが顔を真っ赤にすると、また大声で吠《ほ》える。

「わ、わたしだって頑張《がんば》ったもん！」

「ほう？　それなら成果を見せたまえよ。口でなんと言おうとも、夏休みの宿題は提出できるか否《いな》か、が重要なのだぞ」

「うっ……」

途端《とたん》に勢いが萎《な》えていく。しかしオレなんぞに負けるかとばかりに、急いでスマホをすいすいと探し出す。

そして、ある写真を見せつけてきた。

「こ、これ！」

「あァん？」

スマホを受け取って、どれと写真を覗《のぞ》き込む。

添《そ》い寝《ね》写真であった。

紛《まが》うことなき、ソフレ写真。

バスローブの胸元《むなもと》がはだけたナツが、眩《まぶ》しい朝日の中で爆睡《ばくすい》している。まるで警戒心《けいかいしん》のない小動物のような寝顔《ねがお》だ。

そして、それを狙《ねら》う雌豹《めひょう》……ことリンちゃんが、最高に有頂天《うちょうてん》な顔でほっぺたをくっつけてピース自撮《じど》りしていた。こちらも二人の旅行にハシャいで油断しきっている。うっかりバスローブが肩《かた》まで露出《ろしゅつ》して……こんなもの同級生に見られた日には、えらい騒《さわ》ぎになるぞ。

「さすがのしーくんも驚《おどろ》いたよね？　お姉ちゃんの悪戯《いたずら》が原因だけど、ゆーくんとずっと同じ部屋で過ごしてたんだよ。それにあの『約束』だって──」

「…………」

正直、幼馴染《おさななじみ》のこんな写真を見せられて気まずいことこの上ないのだが、リンちゃんがまるで宝物でも自慢《じまん》するかのようなどや顔をしているので唇《くちびる》を噛《か》んで耐《た》えた。

とりあえず、だ。

「……で？」

「え？」

オレが冷静に聞き返したのがあまりに予想外だったのか。リンちゃんは完全にフリーズしてしまった。

……これは完全に勘違《かんちが》いしているな。

「いや、問題はこの写真ではなく、実際に進展があったのかどうかということろだ。そりゃ幸せいっぱい、夢いっぱいなのは伝わるが、これがもし、ただ添《そ》い寝《ね》してるだけということになると……」

オレはまっすぐ見つめ、悲しい事実を告げる。

「リンちゃんは盗撮《とうさつ》した添《そ》い寝《ね》写真を自慢《じまん》する痛い女ということになる。人気動画配信者と隠《かく》れて付き合っている女が、他の女へのアピールのためにSNSに炎上《えんじょう》写真を投下してるのと、正直、大差ないぞ」

「…………」

ガーンッ……とリンちゃんの表情が絶望に塗《ぬ》り固まる。オレからスマホをぶん取ると、今度はベッドのタオルケットを被《かぶ》ってうずくまってしまった。

頭隠《かく》して尻隠《しりかく》さず……なんとも丸くて蹴《け》りやすそうな尻《しり》だなァとか思いながら、コホンと咳《せき》をして自制する。幼馴染《おさななじみ》とはいえ異性の尻《しり》を躊躇《ちゅうちょ》なく蹴《け》るなど、どこぞのムカつくぷはり女と同レベルだ。

オレはポケットから取り出した扇子《せんす》を広げて、ひときわ明るい声で言った。

「まあ、終わったことはよいではないか。切《き》り替《か》えて、これからのことを考えよう。二学期からは、チャンスを逃《のが》さずに攻《せ》めていくぞ」

「…………」

死ぃーん……と、リンちゃんはぴくりとも動かない。どうやら、さっきの言葉が効いているらしい。

……マズい。ちょっといじめすぎたか？

「り、リンちゃん？　いやまあ、さっきはああ言ったが、それが普通《ふつう》だと思うぞ？　男と旅行に行ったから必ず進展があるわけでもないだろう？　むしろオレは安心した。リンちゃんはどこぞのぷっはー痴女《ちじょ》と違《ちが》って、貞操観念《ていそうかんねん》がしっかりしておる証《あかし》だ。ナハハ、これは大きな武器であろう。やはり男は貞淑《ていしゅく》な女子を好むというし……」

「…………」

反応、なし。

……やっべぇー。これは、ちょっとガチで地雷《じらい》を踏《ふ》んだかもしらん。さっきのように怒《おこ》ってアイアンクロー狙《ねら》ってこないのが気味悪いくらいだ……。

いや。怯《ひる》むな、真木島慎司《まきしましんじ》。

オレはあくまで、リンちゃんに請《こ》われて恋愛《れんあい》指南役として知恵《ちえ》を貸しているのだ。オレがすることは、リンちゃんのご機嫌《きげん》取りではない。

リンちゃんの初恋《はつこい》を成就《じょうじゅ》させるために、次の作戦を考えることだ。

「と、とにかくだ。リンちゃん、二学期が始まったら、少し変化球で攻《せ》めてみるのもよいと思うのだよなァ。その写真は大きな武器になる。日葵《ひまり》ちゃんに送り付けたら、ブチ切れてナツと大喧嘩《げんか》に発展すること必定だ。その隙《すき》を突《つ》いて……」

「……いらない」

んん？

この作戦、リンちゃんは気が乗らんか。まあ、それもそうか。リンちゃんはそういうのが好かんのはわかっていた。もったいないが、この案はボツに……。

「もう、ゆーくんのこと諦《あきら》めるからいらない」

「…………」

オレは、耳がおかしくなったか？

何か予想外の言葉が聞こえた気がするが……。

「……あー、ちょっとオレも夏バテ気味かァ？　この夏休みは多忙《たぼう》であったからな。疲《つか》れが出ていてもおかしくはない。やはり明日は、デートはやめて家で休んでいるか。いっそ銭湯に行ってサウナで整えるのもありか。イオンにマッサージ店が入ったし、足ツボを押してもらうのもよい。リフレッシュすれば、もっとよいアイデアも浮《う》かぼうというもので……」

扇子《せんす》をパチンパチンしながら笑っていると、リンちゃんがベッドから起き上がる。タオルケットがずるずると肩《かた》から滑《すべ》り落《お》ちた。

「しーくん。もうわたしの手助けやんなくていい」

「…………」

どうやら、聞き間違《まちが》えるほど疲《つか》れているのではなかったようだ。明日のデートを断る手間が省けたのはラッキーだ。

扇子《せんす》を閉じて、先端《せんたん》をリンちゃんの鼻先に突《つ》き付《つ》ける。リンちゃんの目は、怯《ひる》まずにオレを見つめ返す。

「なぜだ？　どうして今さら諦《あきら》める？」

「別に。わたしはゆーくんの夢に必要なさそうだから。むしろ邪魔《じゃま》かなって」

「はあ？　まさかリンちゃんまで、日葵《ひまり》ちゃんのスカスカ友情理論に毒されておるのか？」

「いいじゃん。どうせアクセに勝てないし、もういいよ」

「そんなことはない。これまでナツの中で、リンちゃんの存在感を大きくすることに注力してきた。オレから見ても、それは極《きわ》めて順調だ。その証拠《しょうこ》に、ナツは東京旅行に付き合ったではないか」

口では日葵《ひまり》ちゃんを愛してると言い、心も日葵《ひまり》ちゃん色に染まっていようとも……それでもリンちゃんを拒否《きょひ》できない。

それは本能——DNAより深い部分に根付くように仕向けてきたからだ。恋愛《れんあい》を料理に喩《たと》えるなら、日葵《ひまり》ちゃんはメインディッシュ。

光《ひか》り輝《かがや》く数多《あまた》のフルコースの皿でも、特に存在感を放つ一品。まさに主役であり、他のすべての皿がそれを食べるために用意された引き立て役に成り下がる。

だが、リンちゃんはデザート。

つまり別腹だ。

腹が空《す》いてなくとも、ついつい食べてしまう。入ってしまうのがリンちゃんだ。たとえ日葵《ひまり》ちゃんというカノジョがいても、それでもリンちゃんだけは天下御免《ごめん》の出入り自由。そもそも二人は入る場所が違うのだ。

そういう風に、オレは調整してきた。春先の日葵《ひまり》ちゃんブチ切れ騒動《そうどう》から、ナツの一番は日《ひ》葵《まり》ちゃんだとわかった。そこから、わざとリンちゃんを『どんなにあしらわれてもナツのことが大好きな都合のいい二番さん』として別ルートから株を上げていったわけだ。

そしてこの夏休みの紅葉《くれは》さん事変によって、ナツと日葵《ひまり》ちゃんの関係に一応の決着がついた。二人の関係が安定した今こそ、逆に隙《すき》ができる。二人は油断する。リンちゃんという甘ったるいデザートが恋《こい》しくてたまらなくなる。

実際、ナツは初カノの存在に浮《う》かれまくって隙《すき》だらけ。

そのテンションのまま迎《むか》えた東京旅行……リンちゃんがその気になれば、添《そ》い寝《ね》写真などで大喜びする以上に関係を進められたはず。

……くそ。紅葉《くれは》さんを放置したのはオレの責任だが、何やら見事にハメられているな。しかし、まさかこれほどダメージを喰《く》らっているとは思わなかった。あのアイアンハートを持つリンちゃんを何がここまで……。

いや待て。さっき、リンちゃんが何か言っていたな？


『ゆーくん、わたしよりアクセのほうが大事なんだって』


……合点《がてん》がいった。

つまり——。

「リンちゃん。ビビ、ビったな？」

「うう……っ！」

はいドンピシャ。図星も図星、という感じだ。

なるほど。『自分が主役のはずの東京旅行でアクセに負けた』という事実。つまり疑似《ぎじ》的にガチめの失恋《しつれん》でぶん殴《なぐ》られたわけだ。

これは予想外の結果。

オレの作戦がすべてリンちゃんのアイアンハートに依存《いぞん》している以上、そこを破壊《はかい》されるとすべてが瓦解《がかい》する。リンちゃんにとっても東京旅行はガチで仕掛けるタイミングだったがゆえに、反動ダメージも大きかったというわけだ。

「まさか『もし本当にゆーくんの一番になれなかったらどうしよう……』などという乙女《おとめ》チック全開のマイナス思考に囚《とら》われているとは……。リンちゃんらしくないぞ？」

「うるさい。しーくんにはわかんないし」

「いや、せっかくの初恋《はつこい》が実るまであと一歩というところまできておるのではないか。ここで諦《あきら》めても後悔《こうかい》しか残らんと言って……」

リンちゃんがハンッと鼻で笑った。

「そういえばしーくん、お姉ちゃんへの初恋《はつこい》まだ引きずってるんだもんね？　だから他の女の子と付き合っても本気になれないんだよね？　自分の初恋《はつこい》が叶《かな》わないからって、わたしに願望を押し付けるのやめてよ」

「うぐっ……」

今度は、オレの心臓に図星の剣《けん》が刺《さ》さった。

いかん。落ち着け、真木島慎司《まきしましんじ》。

オレはいずれ最強を超《こ》える者。そのためには、いつでも冷静でなければならない。

リンちゃんのこれは本心ではない。東京旅行やナツが思い通りにならなかったストレスから、ちょっとグレているだけだ。子どもがグズっているのと同じこと。

ナハハ。リンちゃんは昔から、本当に我儘《わがまま》な妹ちゃんだからなァ。本人は自立してるように思っているが、実際のところ全然そんなことはない。正真正銘《しょうしんしょうめい》の末っ子女王様キャラだ。

ゆえにオレが冷静になるべきだ。ふうっと息をつくと、にこやかに微笑《ほほえ》んでリンちゃんに語りかけた。

「リンちゃん、落ち着きたまえ。今は一時の感情でそう思っておるかもしれんが、まだナツに未練があるのであろう？　まず結論は置いておき、いったん初恋成就《はつこいじょうじゅ》という目標から距離《きょり》を置いて気分転換でも……」

「ウザい。いつまでもお姉ちゃんのお尻《しり》追いかけてるしーくんダサい」

……カッチーン。

深夜のテンション。

予想外のリンちゃんの心変わり。

昼間のテニス部の練習、そして自主練後の普通《ふつう》に眠《ねむ》い状況《じょうきょう》……。

すべてが合わさり、オレの中で何かのスイッチが入った。ゆらりと立ち上がると、扇子《せんす》を開いて閉じて開いて閉じて開いて閉じる。

気が付けば、オレの口からフフフフフと笑い声が漏《も》れていた。

「リンちゃん。その言葉、後悔《こうかい》するなよ？」

「別にしないし。しーくんこそ、いい加減、健全な恋愛《れんあい》しなよ」

……なぜ、こんなことになったのか。

正直、それはよくわからない。ただわかっているのは、無性《むしょう》にこの構ってちゃんに痛い目を見せてやらなければ気が済まないということだけだ。

「絶対に、ナツへの初恋《はつこい》を諦《あきら》められんと認めさせてやる」

「もうわたしには恋《こい》なんてどうでもいい。見当外れなことで余計なことしないで」

オレとリンちゃんの間に、バチバチと火花が散った。

同盟、ここに破綻《はたん》せり。

# I

## 〝私の最良の日々は過ぎ去った〟

怒濤《どとう》の夏休み、最終日。

16時を回ったところ。

俺――夏目悠宇《なつめゆう》は、激混みの羽田空港から飛行機に乗り、地元に帰ってきた。榎本《えのもと》さんが残してくれたメモによって、なんとか迷わずに済んだ。

同じように旅行から帰ってきた一団に紛《まぎ》れて、地元の駅を出た。

もう夏休みも終わりなのに、太陽の輝《かがや》きは衰《おとろ》えを知らない。燦々《さんさん》と降り注ぐ夕日の光を浴びながら、久々の田舎町《いなかまち》の空気を堪能《たんのう》する。ああ、美味《おい》しい。地元の空気って、こんなに美味《おい》しかったんだ。

俺は帰ってきた。生きて帰ってきた！

……そう、今は生きている。

その場にうずくまって、はあああぁぁっと特大のため息をつく。

テンション爆上《ばくあ》げからの急降下。このあまりのアップダウンの前には、熟練のクライマーといえど裸足《はだし》で逃《に》げ出《だ》すに違《ちが》いない。フフフ、アホな思考ばかりが捗《はかど》る。

とにかく、とロータリーでタクシーに乗り込んだ。まずは自宅へ向かう。てか、夏休み中に咲姉《さくねえ》さんから没収《ぼっしゅう》されたスマホを取り返そう。

（スマホを取り返して、まず榎本《えのもと》さんに謝らなければ……っ！）

東京で紅葉《くれは》さんに指摘《してき》されたこと。

俺が榎本《えのもと》さんの好意を利用してキープちゃんみたいに扱《あつか》っていたと言われた。

榎本《えのもと》さんがそう誤解してるなら、俺は嫌《いや》だ。そんなつもりで俺は榎本《えのもと》さんと友だちだったわけじゃ……。

（……いや、本当に誤解なのか？）

俺はこの数か月を思い返した。

榎本《えのもと》さんは……俺のことを好きだと言った。いや、言い続けてきた。それを俺は断った。何度も断った。でも、榎本《えのもと》さんは諦《あきら》めなかった。

榎本《えのもと》さんが「今はそれでいい」というから、そのままの距離《きょり》を保った。

それはいつしか惰性《だせい》になった。

人の気持ちは錆《さ》びる。惰性《だせい》になって、当たり前になったとき。俺の中で、扱《あつか》い方が変わっていたことは本当にあり得ないのか？

自分が決断することで苦しい思いをするくらいなら……と、榎本《えのもと》さんの好意と厚意《こうい》に甘えて苦しい部分を押し付けていたのではないか？

甘え切った惰性《だせい》が、俺の目を曇《くも》らせていた？

榎本《えのもと》さんが……今の状況《じょうきょう》に、苦しみを感じているということを本当に思わなかったのか？

タクシーからの景色を眺《なが》めながら、同時に窓ガラスに映った自分の顔を見つめる。昨日はあれだけアクセに燃えてたのに、すっかり目の下にクマができている。スイートルームの豪華《ごうか》なベッドも、俺のアンニュイを落ち着けては……あ、ごめん嘘《うそ》。昨夜は紅葉《くれは》さんにベッド占拠《せんきょ》されて、俺、ソファで寝《ね》たんだったわ……。

（……榎本《えのもと》さんのことが嫌《きら》いなわけじゃない）

むしろ普通《ふつう》に女の子として好意を持っている。

てか、好きにならないわけないし。あんだけ可愛《かわい》い子にアピられて動じないやつとかいるのか？　よほどこう……何というか……恋人《こいびと》の条件というか？　そういうものがカッチリ決まってる人くらいだろ。……そんなロボットみたいな人、本当にいるのか知らないけど。

それ以上に日葵《ひまり》のことが好きなだけなんだ。

俺が真木島《まきしま》みたいな性格なら、こんな風に悩《なや》むこともないんだろうか。ハーレム主人公になりたいわけじゃないけど。でも、たまにああいう割り切りができる人が羨《うらや》ましくもある。

答えが出ないうちに、俺の家が見えてきた。

一週間くらいしか経《た》っていないのに、あのコンビニの看板が懐《なつ》かしい。

えーっと。この時間なら、咲姉《さくねえ》さんは家で出勤の準備をしている頃《ころ》だと思う。とりあえず家族のお土産《みやげ》を渡《わた》さなきゃいけないから、そのときにうまいことスマホを取り返そう。

「ただいまー」

特に返事は期待してなかったけど、意外にも迎《むか》える声があった。

「おかえり、愚弟《ぐてい》」

咲姉《さくねえ》さんはリビングで、バイト前の食事をしていた。いつものトーストと煮《に》だした麦茶。あとポリッピー。ちなみに、どれもうちのコンビニで売ってるやつだ。

テレビから流れる夕方のニュースが、夏休み最終日の空港の映像を伝えている。……もしかして、これに俺も映ってたりしないかな。

「咲姉《さくねえ》さん、お土産《みやげ》」

「父さんたちに持っていくから、そこに置いておきなさい」

またまた意外にも、返事があった。

いつもなら返事をしても「ん」か「そ」くらいなのに。今日はやけに機嫌《きげん》がいいな。俺としてはラッキーだ。

とにかく機嫌《きげん》がいいうちにスマホを取り返そう。お盆《ぼん》の頃《ころ》の紅葉《くれは》さんとの一件から、ちょっと咲姉《さくねえ》さんのこと怖《こわ》いんだよな……。

「えっと、咲姉《さくねえ》さん。実は話が……」

「はい。これでしょ？」

咲姉《さくねえ》さんは、テーブルにスマホを置いた。

「え、マジで……？」

「夏休み終わったから返すわ」

あっさり返ってきてびっくりした。

てっきり、また難癖《なんくせ》つけられるかと思ってた。もっと豪華《ごうか》なお土産《みやげ》を買ってこいとか何とか。

「愚弟《ぐてい》？　いらないの？」

「あ、ごめん。ありがと……」

俺はスマホに手を伸《の》ばした。

咲姉《さくねえ》さんは、やけに優《やさ》しい微笑《ほほえ》みを浮《う》かべていた。まるで聖母のような……いや、これは女《め》神《がみ》？　よくわかんないけど、めっちゃ慈愛《じあい》に満ちている。こんな咲姉《さくねえ》さんは初めてだ。

てか、心なしかいつもより美人に見える。眉間《みけん》にしわを寄せているのがデフォルトだから、かなり新鮮《しんせん》だ。いつもこの顔してればいいのに……。

（……もしかして、俺が無事に帰ってきたの喜んでるのか？）

けっこう心配してくれてたのかな。あの紅葉《くれは》さんの拉致《らち》、咲姉《さくねえ》さんも噛《か》んでたし。実は後ろめたかったのかもしれない。

いつも邪険《じやけん》にされてるけど、やっぱり家族だ。かなり意外で驚《おどろ》いたけど、悪い気分じゃなかった。……咲姉《さくねえ》さんのお土産《みやげ》、うっかり東京で買い忘れて地元の空港で買ったやつだけど、ちゃんと羽田空港で買ってくればよかった。

（とにかく、これで榎本《えのもと》さんに連絡《れんらく》が取れる。急がないと……っ！）

そして既《すんで》のところで――ひょいっと取り上げられた。えっと見つめ返すと、咲姉《さくねえ》さんが微笑《ほほえ》んだまま言った。

「その前に、一つだけ確認《かくにん》するわよ」

「な、何だよ。俺、早く連絡《れんらく》しなきゃいけないから……」

「連絡《れんらく》？　どこに？」

「いや、榎本《えのもと》さんに……」

と言いかけた瞬間《しゆんかん》――なんだか急に、ぞくりと背筋に悪寒《おかん》が走った。

咲姉《さくねえ》さんの微笑《ほほえ》みが、急に冷たくなったような気がする。不意打ちに心の準備ができずにいると、咲姉《さくねえ》さんがギンッと目を吊《つ》り上《あ》げた。

思わず逃《に》げようとすると、素早《すばや》く伸《の》びた手で俺の足首が摑《つか》まれた。とんでもない憎悪《ぞうお》の力で引《ひ》き倒《たお》される。ずっこけると、俺の背中にドンッと尻《しり》を乗せてきた。

「んがあああ……っ⁉」

「コラ愚弟《ぐてい》！　あんた、日葵《ひまり》ちゃんの目が届かないからって何を浮気《うわき》してんの殺すわよ⁉」

「浮気《うわき》⁉　ちょっと何を言ってるかわかんないんだけど……」

「すっとぼけてんじゃないの！」

「いだだだっ⁉　何なの、どゆこと⁉」

咲姉《さくねえ》さんが俺のスマホのロックを外した。なんで俺のパス知ってんだよ⁉　とにかく咲姉《さくねえ》さんが開いたアプリを……なんだコレ？　ラインのトーク？　そこに大量の写真データが届いている。それを見て、俺は悲鳴を上げた。

俺と榎本《えのもと》さんが、東京でデレデレ顔をくっつけてる写真がずらーっと並んでいたのだ。

「ちょおおおおおおおっ⁉」

俺は慌《あわ》ててスマホを取ろうと手を伸《の》ばした。

しかし既《すんで》のところで、咲姉《さくねえ》さんがひょいっと取り上げる。……くそ、この体勢のせいで腕《うで》が伸《の》ばせん。てか咲姉《さくねえ》さん、ちょっと体重増えたんじゃないの……？

「な、なんでその写真データが俺のスマホに……？」

「知らないわよ。なんか凛音《りおん》ちゃんから、狂《くる》ったように写真データ送られてたわよ。あんまり量が多いから、途中でうんざりして電源切っちゃったわ」

そういえば榎本《えのもと》さん、旅行中に撮《と》った写真、俺のスマホにも送っとくって言ってたな。もしかして、あの名所巡《めぐ》りでイチャついてた写真、全部……っ⁉

「いやいやいやいや！　そもそも咲姉《さくねえ》さん、なんで俺のスマホ勝手に見てんだよ⁉」

「はあ？　あんた、『東京でトラブルに遭《あ》ったら自分のスマホに連絡《れんらく》しなさい』ってメモ入ってたでしょ？」

……は？

俺が呆《ほう》けていると、咲姉《さくねえ》さんが眉根《まゆね》を寄せる。

「な、何それ？　知らないんだけど」

「キャリーケースのポケットに入れておいたわよ。一番、取り出しやすいとこ。生徒手帳とかも一緒《いっしょ》に」

「…………」

「…………」

変な沈黙《ちんもく》が下りる。

俺はバタバタと腕《うで》だけを伸《の》ばして、そこに落ちてた自分のキャリーケースを引き寄せた。鍵《かぎ》を開けて、中をぶちまける。そして手前の大きなポケットを開けて、手を入れた。

……あった。

咲姉《さくねえ》さんの字で、確かにメモが入っていた。飛行機とかホテルも取れるように身分証も入っている。ついでに『東京でこれ買ってきなさいリスト』も記載《きさい》されていた。ちなみに俺が銀座で食べたマカロンも入ってる。……やべえ、マジでこれ一個も買ってないわ。

俺が一人で固まっていると、咲姉《さくねえ》さんが額に手をあてため息をついた。

「……愚弟《ぐてい》。あんた、いきなり東京に拉致《らち》られたってのに、自分の荷物のチェックもしなかったのね」

「危機管理能力よわくてすみません……っ！」

そういえばこの着替《きが》えとか、咲姉《さくねえ》さんが準備してくれたんだっけ。

東京では榎本《えのもと》さんと紅葉《くれは》さんが全部やってくれたから、マジで着替《きが》えしか見てなかった。俺って無人島とかに集団漂流《ひょうりゅう》したら真っ先に死にそう……。

「何でも日葵《ひまり》ちゃんにやってもらう癖《くせ》をつけるからこうなるのよ……」

「う、うるさいな。そもそも拉致《らち》に協力しなけりゃいいだろ……」

とか減らず口を叩《たた》いていると、咲姉《さくねえ》さんが俺の両脚《りょうあし》を摑《つか》んでぐぐーっと後ろに引いた。いだだだだだ。エビ反りやめて、マジで痛い……。

「あんた。なぁーんか誤魔化《ごまか》そうとしてない？」

「うっ……」

　そうなのだ。

　俺のザコすぎるサバイバル力《りょく》は、どうでもいい。問題は写真だ。咲姉《さくねえ》さんがウフフと怖《こわ》い笑顔《えがお》を向ける。

「愚弟《ぐてい》。この痴態《ちたい》の数々……どういうつもり？」

「え、榎本《えのもと》さんが記念にって……」

「これ親友同士の記念写真のレベルじゃないわよね？」

「う、うーん。そうかな。だって日葵《ひまり》とはこのくらいやってたし……」

「あんた。真木島《まきしま》んとこの弟とも、ほっぺたくっつけて記念撮影《さつえい》するの？」

「うう……っ！」

　たとえば修学旅行。

　京都の金閣寺をバックに、俺と真木島《まきしま》がイケメンスマイルを浮《う》かべて頬《ほお》をくっつけて「はいチーズ☆」って絶対無理だわ。想像するだけで背筋がぞくってなっちゃった……。

「あんた。まさか日葵《ひまり》ちゃんを裏切るようなことしてないでしょうね？」

「し、してない！　それだけはマジでやってない！」

「ほんとに？」

「ほんとだよ！　てか今回の旅行、ちゃんと日葵《ひまり》のＯＫももらったから！　咲姉《さくねえ》さん、俺を信じて……」

咲姉《さくねえ》さんがもう一台のスマホを取り出した。

あれ？　今度は咲姉《さくねえ》さんのスマホのライン？　なんか紅葉《くれは》さんからのメッセージが表示されている。俺はその文面を読んで、ギクウッと固まった。

『おもしろそうだから～、ゆ～ちゃんと凛音《りおん》、ホテルの同じ部屋に泊《と》まらせてるんだ～☆　これは親友のままいられるか大注目だよね～♪』

コラーッ！

紅葉《くれは》さん、なんてこと咲姉《さくねえ》さんにチクってんの⁉　絶対にこうなることわかってたで……いだだだだだだだだだっ⁉　だからエビ反りダメだって‼

「愚弟《ぐてい》。同室お泊《と》まりまで日葵《ひまり》ちゃんのOKもらったわけ？」

「そ、それは、えっと……」

それはもらってない。

電話でうっかりバレそうになったとき、とっさに誤魔化《ごまか》しちゃったから。

「でも誤解なんだ！　同室お泊《と》まりだったけど、変なことはしてないから！」

「してようが、してまいが！　カノジョいる男が他の女と同室お泊《と》まりやった時点でアウトに決まってんでしょーがッ‼」

「あの状況《じょうきょう》で、一介《いっかい》の高校生に何ができるって言うんだよ⁉」

「生活空間を二人で分けるとかあるでしょ！」

「なるほど思いつきませんでした！　スンマセンっした！」

いや、それでも俺が一方的に悪いのか？

やっとエビ反りから解放されると、俺は反論を試みた。

「てか、そもそも咲姉《さくねえ》さんも拉致《らち》に協力してただろ！　紅葉《くれは》さんがこういうことするって予想できなかったのかよ⁉」

「予測してたから、小遣《こづか》いと身分証を入れてたんでしょうが。あんたが流されすぎなのを棚《たな》に上げて、自分の危機管理能力の低さを正当化しない」

「な、なるほど……いや、でも拉致《らち》に協力してる時点で、日葵《ひまり》を裏切るとか何とか言える立場じゃなくないか⁉」

「…………」

咲姉《さくねえ》さんはソファにドカッと腰《こし》を下ろして、やれやれと腕《うで》を組んだ。

そして静かに……しかし確かな怒《いか》りのようなものを感じさせる声音《こわね》で言った。

「区切りをつけるってのは大事なことなのよ」

「く、区切り……？」

「あんたが正しく親友として旅行を完遂《かんすい》できれば、それでおしまいだった。少なくとも四月からの凜音《りおん》ちゃんにある借りを清算するためには、向こうの要求を呑《の》む必要がある。そこらへんをわかってるから、雲雀《ひばり》くんも東京行きを止めなかったんでしょ。あいつが紅葉《くれは》の企みを止めなかった時点で察しなさいよ」

「…………」

借り。

この数か月、俺は榎本《えのもと》さんに助けられっぱなしだった。特に夏休みの紅葉《くれは》さん事変では、榎《えの》本《もと》さんが真木島《まきしま》を説得してくれなきゃ日葵《ひまり》を引き留めることはできなかっただろう。

それらすべてが、榎本《えのもと》さんを期待させることになってるなどとは考えもせずに。

「愚弟《ぐてい》。わたしは別に、日葵《ひまり》ちゃんを贔屓《ひいき》してるわけじゃないわ」

「そうなの？」

「あんたが凛音《りおん》ちゃんのほうを選ぶというなら、それでもいいの。ただし、そういうどっちつかずの中途半端《ちゅうとはんぱ》な態度だけは許せないのよ」

「ちゅ、中途半端《ちゅうとはんぱ》じゃない。俺は日葵《ひまり》と付き合うって決めたんだし……」

咲姉《さくねえ》さんが、俺のスマホに表示された写真を見た。

「好きな相手が一緒《いっしょ》にこんな写真を撮《と》ってくれるっていう状況《じょうきょう》……凛音《りおん》ちゃんが自分にもまだチャンスがあるって思うのは当然じゃないかしら？」

「そ、それは……えっと……」

思わず否定しようとして、思いとどまる。

否定できるわけがない。それを昨日、紅葉《くれは》さんから指摘《してき》されたばかりだ。俺はそんなつもりはなくとも……たとえ口では「親友だ」と言っていようとも、心の恋《こい》の炎《ほのお》は燃《も》え盛《さか》る。

それ自体、俺も日葵《ひまり》に対して経験してきた。

なぜ「榎本《えのもと》さんはそんなことない」って思ってたんだろうか。つくづく、俺は自分の甘さを痛感する。

俺は唇《くちびる》を噛《か》んだ。

「……俺もわかってるつもりだけど、うまくできないんだよ。まさか日葵《ひまり》と付き合ったからって、榎本《えのもと》さんを完全に無視しろって言うのか？」

「…………」

咲姉《さくねえ》さんは冷たい表情で即答《そくとう》した。

「そうよ」

「えっ……」

思いがけない返答に、俺は言葉に詰《つ》まった。

「少なくとも、あんたが迷いなく『二人とも好きだ！』とか断言しちゃうような清々《すがすが》しい馬鹿じゃない限り、どっちかを選ぶことになる。となれば、必然的に選ばれなかったほうが泣きを見ることになる。ヘラヘラとこれまで通りに付き合えると思ったら大間違《まちが》いよ」

咲姉《さくねえ》さんは苛立《いらだ》たしげに、テーブルにあったポリッピーをつまんだ。

「わたしはね、可愛《かわい》い女の子は等しく幸せになるべきだと思うの。あんたの心が日葵《ひまり》ちゃんから揺《ゆ》るがないと言い切れるなら、さっさと凛音《りおん》ちゃんを解放してあげるべきだと思うわ」

「解放って……」

「そうでしょ？　今、この瞬間《しゅんかん》にも、凛音《りおん》ちゃんには他にいい出会いがあるかもしれない。あんたの思わせぶりな態度で、その可能性を潰《つぶ》してる自覚ある？」

「………」

俺は何も言い返せない。

咲姉《さくねえ》さんは、いつだって正しい。それは恋《こい》バナにも健在だった。

「女の子が綺麗《きれい》なときを無駄《むだ》にしてるのは、世界の損失よ。そのためには、あんたのような中途半端《ちゅうとはんぱ》な男が最も害悪になる。言ってること、わかるでしょ？」

「……わかります」

確かに榎本《えのもと》さんくらい可愛《かわい》い女子、好きって男がいないはずない。日葵《ひまり》だって以前は、よくそういう男子と付き合ってたし。その中にはきっと、俺よりいいやつも多いはずだ。

榎本《えのもと》さんのことを思うのなら……咲姉《さくねえ》さんの言うことは正しい。

「仕事だけじゃなく、恋愛《れんあい》のほうもシャキッとしなさい。この前の紅葉《くれは》との勝負、ちょっとは反省してるならね」

「………」

どっちつかずが爆発《ばくはつ》したのが、先日の騒動《そうどう》だ。

俺が納得《なっとく》したのがわかると、咲姉《さくねえ》さんは「話は終わり」とソファから立ち上がる。洗い物をシンクにおいて、リビングから出て行こうとした。

「あ、そうだ」

くるっと反転すると、再び俺のほうへ歩いてくる。まだ言ってないことがあるのか？　そう思っていると例の俺への『東京でこれ買ってきなさいリスト』を手にし、俺のパーカーのフードにねじ込んだ。

「あとこれ、通販《つうはん》でも何でも使って揃《そろ》えなさい。いいわね？」

「咲姉《さくねえ》さん⁉」

どんだけマカロン食べたかったの⁉　いや美味《おい》しかったんだけどさ！

俺が唖然《あぜん》としていると、咲姉《さくねえ》さんは今度こそバイトに行ってしまった。その方向を見つめながら、俺はため息をついた。

（……しかし、やけに実感こもってる持論だったな）

それでも触《さわ》らぬ神に祟《たた》りなし。

他人よりも、まずは自分のことをしっかりしなきゃいけないのだ。

夜が明けて、新学期の朝。

昨夜のことは……あまり思い出したくない。とりあえずスマホに溜《た》まっていた未読を処理してたら時間が過ぎ去っていた。

榎本《えのもと》さん、マジで旅行の写真ぜんぶ送ってた。忠犬ハチ公像の前でピースしてたやつとか、猫《ねこ》カフェで記念撮影《さつえい》したやつとか。

他にも直視するだけで魂《たましい》を持ってかれそうなのが何枚かあったので、それは全部削除《さくじょ》した。

……これ、咲姉《さくねえ》さんに見られてなくてよかった。

とにかく咲姉《さくねえ》さんに冷静にさせられた俺は、東京旅行の自分を思い返すにつれて二つの誓《ちか》いを立てた。

日葵《ひまり》に、榎本《えのもと》さんとの同室お泊《と》まりを白状する。

榎本《えのもと》さんに、これまで俺を助けてくれた借りを返して、そして——……。

家の洗面台でバシャバシャと顔を洗って、ふうっと息をつく。鏡に映る俺は臨戦態勢ばっちりで、まさに修羅《しゅら》場《ば》に向かう男の面構《つらがま》え。

やるんだ。

俺は東京の個展で、一つの経験を得た。

『まっすぐ本心を伝えなきゃ、相手には届かない』

日葵《ひまり》へ言わなきゃいけないこと。

榎本《えのもと》さんに伝えなきゃいけないこと。

俺は俺なりに、本気でやる。もう夏は終わったんだ。ここからはまた、アクセに邁進《まいしん》する日々に戻《もど》るのだ。

まずは学校に到着《とうちゃく》した後をシミュレーションしよう。

日葵《ひまり》のことだから、きっと一刻も早く俺に逢《あ》いたくて下足場で待っているだろう。あるいは駐輪場《ちゅうりんじょう》かもしれない。とにかく、学校の敷地《しきち》に入ったら戦いが始まっていると思え。一瞬《いっしゅん》たりとも気を緩《ゆる》めるな。

学校の準備を済ませると、家の玄関《げんかん》のドアを開けた。

日葵《ひまり》がいた。

パリッとアイロンのかかった制服に袖《そで》を通したマイハニーが、気配もなく立っていた。

「ゆっう～☆　世界で一番可愛《かわい》いアタシが迎《むか》えにきちゃったゾ☆」

くりっとしたマリンブルーの大きな瞳《ひとみ》。

朝日に眩《まぶ》しく輝《かがや》く色素の薄《うす》い髪《かみ》。

均整の取れたスマートな体躯《たいく》に、活発さと女性的な色気を併《あわ》せ持《も》つ。

そんな妖精《ようせい》のように可愛《かわい》い日葵《ひまり》は、きゃる～んって感じの効果音が似合いそうな最高に可愛《かわい》いピースをビシッと決める。

さすが俺のカノジョにして芸能事務所にスカウトされちゃう魔性《ましょう》の女だ。なんか前よりオーラがあんなあと思ったら、榎本《えのもと》さん家の洋菓子店《ようがしてん》で看板娘《かんばんむすめ》のバイトしてたせいだろう。いつでもどこでも誰《だれ》かに見られてると思えって自覚が一つ上のステージへ押し上げてるぜ！

……って、冷静に実況《じっきょう》してる場合ではないんだよ。

タイミング的に謝罪計画の出鼻をくじかれた。え、てか日葵《ひまり》さん？　今朝くるって連絡してましたっけ？　やばい。一週間ぶりの再会の嬉《うれ》しさよりも、サプライズの間の悪さのほうが勝《まさ》る。

そんなこと気にせず、日葵《ひまり》は疑うことなく俺を急《せ》かす。

「さ、悠宇《ゆう》。学校行こ？」

「…………」

俺がフリーズしていると、日葵《ひまり》が首を傾《かし》げる。

「あれ？　悠宇《ゆう》、もしかして嬉《うれ》しくない……？」

「……っ!?」

ハッと我に返った。

その無垢《むく》なまなざしから放たれるビームに、俺の「このまま黙《だま》ってても……」という邪心《じゃしん》がむくむく芽生えていく。

……もしかしたらお泊《と》まり旅行を白状して、そのまま縁切《えんき》りなんてことになるかもしれない。てか、日葵《ひまり》なら絶対にそっちのほうが可能性高いし。

でも、このまま何食わぬ顔で過ごすことはできない。

(うおおっ、勢いで行動することもめっちゃ大事！　それも個展で学んだ！)

俺は決心すると、その場で土下座した。

「日葵《ひまり》さんに、申し上げなければならないことがあります!!」

「え、何々？　急に土下座とか怖《こわ》っ……」

「東京旅行の件なんですけど……というか、その際に宿泊《しゅくはく》したホテルの件なんですけど！」

「う、うん。どしたん？」

ドン引き状態の日葵《ひまり》に、できるだけ要点を絞《しぼ》って伝える。

「実は紅葉《くれは》さんの悪戯《いたずら》で、ホテル一室しか取ってもらえなくて……榎本《えのもと》さんと同室に泊《と》まっていました。つい電話で嘘《うそ》ついて、ほんとすみませんでした!!」

「え……」

日葵《ひまり》が絶句した。

俺は額《ゆか》を床にこすりつけながら、審判《しんぱん》を待った。ドックンドックンと心臓が高鳴り、汗《あせ》が鼻を伝ってぽたぽたと落ちていく。

(ど、どうくる……?)

まずアレだろ。物理攻撃《こうげき》。

犬塚家《いぬづか》は基本的に軍人気質だ。お祖父《じい》さん然《しか》り、雲雀《ひばり》さん然《しか》り。悪いことをすれば、しっかり罰《ばつ》を与《あた》えるのが教育理念だ。

つまり、まずは日葵《ひまり》が怒《いか》りのままに制裁を仕掛《しか》けてくることは必定。昨夜のうちに何通りかはシミュレートしたし、俺はそれを甘んじて受け入れる覚悟《かくご》は——……。

(……あれ?)

しかしいつまで経《た》っても制裁がこない。もしかして日葵《ひまり》、音もなく出て行った? 俺がそ〜っと視線を上げると、やはり日葵《ひまり》はそこにいた。

そのマリンブルーの瞳《ひとみ》から、ぽろぽろと大粒《おおつぶ》の涙《なみだ》がこぼれていた。

「…………………っ⁉⁉⁉」

あまりに想定とは違《ちが》うリアクションに、俺は完全にテンパった。いや、ちょ、てか、え?

泣いて……ええっ⁉

てっきりこう「この発情ワンちゃん、どっちが飼い主かわからせたらあああっ!!（怒髪《どはっ》天《てん》）」とか「じゃ、お兄ちゃん呼ぶね？（暗黒微笑《びしょう》）」のパターンと思ってたのに！

そして日葵《ひまり》はというと、その自分の涙《なみだ》に驚《おどろ》いた様子で拭《ぬぐ》った。

「アレ？　なんでアタシ、泣いてるの……？」

「あの、日葵《ひまり》さん？　ちょ、ちょっと落ち着いて……」

「あ、そうか。……そういうことか」

「ちょーっ⁉　マジで待って！　日葵《ひまり》、ちゃんと話を……」

日葵《ひまり》が「ぷへへ」と笑った。

夏休みと同じなのに、あのときよりも痛々しいのはなぜ……。

「そうだよね。可愛《かわい》い女の子と二人きりで旅行なんだし……アタシと付き合ってるふりして、ほんとはえのっちと付き合ってたんだよね？」

「だから違《ちが》うってばーっ！　早まんないでーっ⁉」

どうやら俺が榎本《えのもと》さんと二股《ふたまた》してる設定らしい。

こいつ最近、ラブロマンスの見過ぎだろ。そんな面倒《めんどう》くさいことするやつ現実にいるの？

謝罪する立場も忘れてツッコんじゃったじゃん……。

「てか、前からそうだけど！　日葵《ひまり》、ちょいちょい榎本《えのもと》さんと自分を比べて勝手に負けてんの何なの？　俺は日葵《ひまり》が好きだって言ってんじゃん……」

「だって、えのっちのほうが可愛《かわい》いしおっぱい大きいし料理できるし運命力あるし～……」

ぴゃあああって泣き出す日葵《ひまり》に、いよいよ手が付けられなくなる。

こいつ、普段《ふだん》はそんなことありませーんってオーラ出してるくせに、いざというときマジでメンタル弱いよな。そんなところも可愛《かわい》……って、惚気《のろけ》てる場合じゃない！

「ちょ、ちょっと待って。日葵《ひまり》、5分だけ待って？」

一人で勝手にクライマックスになってる日葵《ひまり》に言って、慌《あわ》てて家を出た。

目の前の二車線道路を渡《わた》り（通りかかった車からクラクション鳴らされた）、とにかくコンビニで目的のものを買ってくる。

「日葵《ひまり》。これ飲んで！」

「え……」

ヨーグルッペの紙パックジュース。

日葵《ひまり》がくるようになって、咲姉《さくねえ》さんが発注しているのだ。それにストローを挿《さ》して、ちゅーっと飲ませる。

ずずっと中身が空っぽになると、日葵《ひまり》が「シャキンッ！」と可愛《かわい》い横ピースを決めた。

「日葵《ひまり》ちゃん復活☆」

「その切り替えの早さ、マジでどうなってんだよ……」

さすが犬塚《いぬづか》家、やる気スイッチの入れ方も完璧《かんぺき》に修めている。乳酸菌《にゅうさんきん》すげえってレベルじやねえぞ……。

日葵《ひまり》が紙パックをペコペコ畳《たた》みながら言った。

「で？」

「え？」

じとーっとした目で、ズバッと言う。

「ヤッたの？」

「そんなわけねえじゃん⁉」

そりゃ咲姉《さくねえ》さんにも誤解されたし、そうなるのはしょうがないけどさ！

「マジで何もなかった！　神に誓《ちか》って……いや雲雀《ひばり》さんに誓《ちか》う！　一緒《いっしょ》の部屋だっただけで、日葵《ひまり》が心配するようなことはマジでない‼」

「…………」

日葵《ひまり》の目が、俺の心を暴かんと見つめる。

だ、大丈夫《だいじょうぶ》だ。本当に何もなかったんだし、きっと日葵《ひまり》もわかって――。

日葵《ひまり》がにこーっと笑った。

（よかった！　わかってくれ……んん？）

俺がホッとしたのも束《つか》の間《ま》――なぜか日葵《ひまり》の表情がシュンと落ち込む。

（え、やっぱダメなの⁉）

慌《あわ》てて手を合わせて、深く深く頭を下げた。お願いします日葵《ひまり》様、俺の気持ちをわかってください！

「………………」

日葵《ひまり》がチラッチラッと俺の様子を窺《うかが》っている。俺は負けじと頭を下げて、気持ちよ通じろと念じまくった。

そしてやがて——日葵《ひまり》が満点のスマイルで言った。

「いいよっ。許してあげる♪」

「あざッス!!」

日葵《ひまり》、優《やさ》しい！

なんてできたカノジョなんだ！　こんな日葵《ひまり》を裏切っていたなんて、俺は罪深いやつだ。本当にゴメンな。

俺が安堵《あんど》を覚えていると、日葵《ひまり》が前髪《まえがみ》をみょんみょんいじりながら続ける。

「もーっ。それならそうと、前の電話のときに言えばいいのにさー」

「あのときは起《お》き抜《ぬ》けだったし、つい……」

日葵《ひまり》が微笑《ほほえ》んだ。

まるで聖母のようだ。後ろに後光が差しているようにすら見える。両手で俺の頰《ほお》を包み込むようにすると、慈悲深《じひぶか》き言葉を授《さず》けてくれた。

「紅葉《くれは》さんの悪戯《いたずら》ならしょうがないし、悠宇《ゆう》も大変だったもんね？　大丈夫《だいじょうぶ》、アタシはこんなことで悠宇《ゆう》のこと嫌《きら》いになったりしないからさ」

「ひ、日葵《ひまり》……っ！」

俺はその腰《こし》に、すがるように抱《だ》き着《つ》いた。

「ゴメン。ほんとにゴメン……」

「んふふー。悠宇《ゆう》、そんなに怖《こわ》がることないのになー」

俺の頭を優《やさ》しくなでながら、トドメの一言を放った。

「だって、アタシは悠宇《ゆう》の運命共同体《きょうどうたい》だからね☆」

圧倒的《あっとうてき》な度量の深さを見せつけられ、俺は自分が恥《は》ずかしくなった。

そうだ。日葵《ひまり》は俺のことをわかってくれる。それなのに、俺が日葵《ひまり》のことを信じられなくてどうする？

日葵《ひまり》が俺の手首を掴《つか》んだ。

「さ、一緒《いっしょ》に学校行こ？」

「ああ。そうだな」

俺は立ち上がった。

玄関《げんかん》から差し込む暖かい日差しのもとへ、日葵《ひまり》と一緒《いっしょ》に歩み出す。

「悠宇《ゆう》。アタシのこと好き？」

「そ、そりゃ好きに決まってるじゃん……」

「世界で一番？」

「当たり前だろ。……世界で一番好き」

相変わらず恥《は》ずかしいことを言わせて、こっちを照れさせてくる。

日葵《ひまり》がそっとつま先立ちで耳元に囁《ささや》いた。

「じゃあ、まだ30になってないけどアタシにしとこ？」

「え……」

ドキッとして振《ふ》り向《む》き、日葵《ひまり》の悪戯《いたずら》っぽい表情と向き合う。

30になってないけど日葵《ひまり》にする？　その言葉の意味を考えて、俺の顔が熱くなった。

「い、いやその、将来的にはまあ、そういうのもナシではないと思うんだけど、さすがに今すぐってのはその……」

日葵《ひまり》がじっと俺を見つめる。

「ダメ？」

「いや、ダメじゃないっていうか、ええっと……」

俺は慌《あわ》てて、日葵《ひまり》の肩《かた》を摑《つか》んだ。

「日葵《ひまり》。もちろん俺は、日葵《ひまり》との関係に責任を持つつもりだけど……」

「…………」

んん？

俺がくそ真面目な顔で語っていると、日葵《ひまり》の肩《かた》がプルプル震《ふる》えているのに気づいた。その瞬間《しゅんかん》、察した。……あ、これいつものアレっすね。

日葵《ひまり》が盛大《せいだい》に噴《ふ》き出《だ》した。

「ぷっはあ〜〜〜〜〜〜〜っ!!」

「…………」

めちゃくちゃ楽しそうな顔で、俺の鼻先をツンツンする。

「んふふー。悠宇《ゆう》、さすがに気が早すぎかー？　アタシのこと好きすぎるのはわかるけど、学生結婚《けっこん》はダメだぞ♪」

「おまえが言い出したんだけどな！」

俺が久々のぷっはーに致命《ちめい》打を受けていると、日葵《ひまり》がご機嫌《きげん》そうにトドメを刺《さ》した。

「これで全部チャラね♪」

「あざーす……」

やっぱり日葵《ひまり》には敵《かな》わねえなあ。

ある意味で俺たちらしい二学期の始まりに、俺はちょっとだけ懐《なつ》かしい気分になる。

これからも、日葵《ひまり》とずっと一緒《いっしょ》に楽しい日々を過ごせればいいな。きっとトラブルも多いけど、最後には全部うまくいく感じの。

……そのときの俺は、本気でそう思っていたんだ。

♣♣♣

自転車をカラカラ押しながら、日葵《ひまり》と学校へ向かう。

「ところで、悠宇《ゆう》？　アタシ、東京であったこと聞きたいな？」

「ああ、それ報告しなきゃな」

東京であったこと。

もちろん第一に報告することは、天馬《てんま》くんと早苗《さなえ》さんの個展だ。紅葉《くれは》さんの紹介《しようかい》で会うことになった東京のアクセクリエイターの二人。どっちも芸能事務所に所属していて、元アイドルグループのメンバーだ。

「個展ではいい経験積ませてもらったよ。都心のスタジオ借りたり、設営とか販売《はんばい》のノウハウとかも見せてもらえた。こっちじゃ絶対に無理なことばっかりで、すげえ有意義だった」

確かに拉致《らち》から始まった東京旅行だけど、最終的には俺のためになることばかりだった。紅《くれ》葉《は》さんの『俺の一番を潰《つぶ》す』宣言は心配だけど、クリエイターとして一つステージを上がるためのきっかけみたいなものは得られたと思う。

「でも技術だけじゃなくて、アクセに対する大事な心得みたいなものが一番の収穫《しゆうかく》だった気がする」

「アクセに対する心得？」

「なんていうんだろ。対話力、って言えばいいのかな。お客さんとの対話、アクセとの対話……これまでの俺に欠けていたアプローチが、そこにあるような気がするんだ」

天馬《てんま》くんや、早苗《さなえ》さん。

あの二人と俺の決定的な違《ちが》いは、そこにあるような気がした。お客さんを知り、自分のアクセを知る。技術を追求《ついきゅう》することだけじゃなくて、他にもやれることがある。

「鉄は熱いうちに打てっていうし、すぐにでも学んだことを活《い》かしたいんだ。でも、俺たち〝you〟の販売《はんばい》活動は、基本的に通販《つうはん》メインだからさ」

俺は拳《こぶし》をぎゅっと握《にぎ》った。

自分のものにしたい。そのために、今すぐ俺にできることは何だろうか。……とか思っていると、隣《となり》で日葵《ひまり》がポッと頬《ほお》を赤くしていた。

「悠宇《ゆう》、めっちゃ燃えてる。好き……♡」

「あ、ありがと……」

やっべぇー。

榎本《えのもと》さんとの騒動《そうどう》でちょっと冷静になっちゃったせいで、イマイチ日葵《ひまり》のノリについていけない。これがひと夏のアバンチュールの反動か……。

俺が一人で冷《ひ》や汗《あせ》を流していると、日葵《ひまり》がニコッと笑った。

「こっちじゃバザーとかもそんなに多くないし、ちょっと考える必要あるかもね。お兄ちゃんにもアドバイスもらえないか聞いとくよー」

「マジか。めっちゃ助かる」

日葵《ひまり》が「だって運命共同体だからさー」とどや顔してる。夏が終わっても、俺のカノジョの可愛《かわい》さは陰《かげ》ることがない。

「悠宇《ゆう》。その紅葉《くれは》さんが紹介《しょうかい》してくれたクリエイターとは?」

「あ、天馬《てんま》くんと早苗《さなえ》さんか……うん。まだ連絡《れんらく》とってないけど、さっきライン登録したし、近いうちに……」

と、タイミングよくスマホが鳴った。

なんだと思っていると、さっそく天馬《てんま》くんからメッセージが入っていた。

『無事に帰りつけてよかった。今度は、僕がそっちに遊びに行こうかな。また冬休みが近くなったら、空いてる日を教えてほしい』

飾《かざ》り気《け》はないが自然で心地《ここち》いい文面に、天馬《てんま》くんの人柄《ひとがら》がにじんでいた。まだ登録して1時間も経《た》ってないよな? まさかこんなに早くメッセージをくれるなんて。……いや、それはそれとして、問題は別のところだ。

日葵《ひまり》も呆然《ほうぜん》としている。

「……え、芸能人なんだよね？　普通《ふつう》に次の会う約束してない？」

「……うん。今は俳優として、舞台《ぶたい》とか積極的にやってるらしいけど」

天馬《てんま》くんは日葵《ひまり》以上のコミュ力お化けで、ゴールデンのドラマに出るような女優さんとかとも親交がある。そんな人が、俺とまた会いたいって……。

日葵《ひまり》が突然《とつぜん》、俺に抱《だ》き着《つ》いてきた！

「悠《ゆう》宇ってばさすがあーっ！　やっぱわかっちゃう人にはわかっちゃうもんなーっ！」

「ちょ、日葵《ひまり》!?　いきなりほっぺたぶつけてくんのやめて!?」

お外でやるなって恥《は》ずかしい！

てか、それより返事、返事！　と二人でバタバタしている間に、学校が見えてきた。夏休みも来てたし、なんか懐《なつ》かしい感じはしないけど。

駐輪場《ちゅうりんじょう》に自転車を置いて、下足場でスリッパに履《は》き替《か》える。

なんか日葵《ひまり》との関係が変わっただけで、教室に行くのめっちゃ緊張《きんちょう》する……そんなことを考えていると、背後から陽気な声がした。

「ナハハ。これは、これは。お二人さん、ご機嫌《きげん》どうだい？」

「あ、真木島《まきしま》……」

いきなり背後から肩《かた》を組まれ、俺はよろけた。

茶髪《ちゃぱつ》のチャラ男……真木島《まきしま》は笑いながら、扇子《せんす》で俺の頭を小突《こづ》いた。

「やあ、ナツ。いい旅行だったか？」

「……誰《だれ》かさんが変な計画練ってくれてマジで大変だったよ」

真木島《まきしま》は皮肉など歯牙《しが》にもかけない様子で笑った。

「ところで、ナツに話があるのだが？」

「いや、俺にはないんだけど」

「まあそうツレないことを言うな。東京旅行の件は、オレも申し訳なく思っておる。本当はあんな非道に手を貸したくなかった」

「ノリノリだったくせに、よく言うよ……」

真木島《まきしま》はにやりと笑うと、俺の耳元で囁《ささや》いた。

「リンちゃんのことだ。日葵《ひまり》ちゃんには聞かれたくなかろう？」

「……え？」

ついギクリとした。

榎本《えのもと》さんのこと……そうだ。俺は榎本《えのもと》さんにも言わなきゃいけないことがあるんだ。その一言で、さっきまでの日葵《ひまり》とのフワフワした気分は消えた。

不思議そうな日葵《ひまり》に、俺はぎこちない笑顔《えがお》を作る。

「ひ、日葵《ひまり》。ちょっと真木島《まきしま》と話してくるから、先に教室行っててくれない？」

「うん。いいけど……」

日葵《ひまり》は真木島《まきしま》を嫌《いや》そうに見ながら、階段を上っていった。……たぶん「また真木島《まきしま》くんが余計なことしようとしてんなー」とか思ってんだろうな。

日葵《ひまり》の姿が消えてから、真木島《まきしま》が扇子《せんす》の先で俺の背中を小突《こづ》いた。なんか拳銃《けんじゅう》の銃口《じゅうこう》を当てられてる気分だ……。

「さ、共に夏休みの反省会と洒落込《しゃれこ》もうではないか?」

♣♣♣

で、廊下《ろうか》の隅《すみ》っこ。

ちょっと奥まったところで、俺は真木島《まきしま》に追《お》い詰《つ》められていた。俺を壁《かべ》に追いやりながら、扇子《せんす》で口元を隠《かく》した真木島《まきしま》が軽薄《けいはく》に笑う。

「ナハハ。休み明けから正妻とイチャイチャ登校とはいいご身分だなァ?」

「な、何だよ。おまえには関係ないだろ……」

「ところがどっこい。そうは問屋が卸《おろ》さぬよ。オレのプランには、そういう観客がダレる幕間《まくあい》はないのでな」

「おまえのプランの話をされても困るんだが……」

こいつ、また何か企《たくら》んでるのか?

俺が警戒《けいかい》していると、真木島《まきしま》が扇子《せんす》でパチンパチンと手を叩《たた》きながら言った。

「ところで、東京旅行では面白《おもしろ》いことがあったらしいなァ？」

「いや、話があるなら、はっきり言ってくれよ」

真木島《まきしま》はハアッとため息をついた。

「まったく、情緒《じょうちょ》を理解できん男は嫌《きら》われるぞ？」

「うるさいな。俺はモテたいとか思ってないからいいんだよ」

「まあよい。とにかくリンちゃんとの『約束』の件で、ナツの意見を聞きたいと思っていたのだが……」

「……っ⁉」

約束——その言葉に、俺はついギクッとした。

それは東京での、天馬《てんま》くんたちの個展の前日のこと。榎本《えのもと》さんの意向を無視し続けた俺と、個展に行かせたくない榎本《えのもと》さんが交《か》わした約束だ。

『俺、夏目悠宇《なつめゆう》は、天馬《てんま》くんたちの個展でアクセを完売できなかったら、榎本《えのもと》さんと付き合います』

『わたし、榎本凛音《えのもとりおん》は、ゆーくんが個展でアクセを完売したら、これまでのことを全部水に流し、もう二度と何かを要求したりしません』

身体《からだ》の底から、ぞわっとした悪寒《おかん》が這《は》い上《あ》がる。

そうだ。俺はその約束をした。

事もあろうに、日葵《ひまり》との関係を懸《か》けて勝負を挑《いど》んだ。頭に血が上っていたとはいえ、間違《まちが》いなくやっちゃいけないことだ。勢いに任せて約束したことだけど、俺から言い出してしまったことは事実だ。

(同室お泊《と》まりの件で頭がいっぱいで、そのことを日葵《ひまり》に説明するの忘れてた……っ！)

やばい。マズい。

てか、なんで真木島《まきしま》がその件を？　榎本《えのもと》さんから？　それとも紅葉《くれは》さん？　いやとにかく、ここは穏便《おんびん》にいく。真木島《まきしま》は何を仕出かすかわかんない。

「いや、真木島《まきしま》。あれはその、誤解っていうか……」

「ほう？　誤解かァ。ずいぶんと都合のいい解釈《かいしゃく》だなァ？」

「あ、えっと。今のは言葉のあやで……確かに個展でアクセを完売できなかったら榎本《えのもと》さんと付き合うって約束したし、実際完売できなかったけど、そのことはもう一度ちゃんと話し合いた……え？」

あれ？

真木島《まきしま》がぽかんと呆《ほう》けていた。まるで今のが初耳だと言わんばかり。演技っぽくないし、てか真木島《まきしま》がとぼける理由は……ああっ！

「おまえ、カマかけたなーっ!?」

「ナハハハ！　馬鹿め、ちょっと揺《ゆ》さぶったらコロッと吐《は》きおったなァ！」

真木島《まきしま》が最高に嫌《いや》らしい笑《え》みを浮《う》かべると、俺に歩み寄る。

もう頬《ほお》がくっつきそうなくらい近寄ってきて……いや、あの、真木島《まきしま》さん？　そんなに男子から近づかれると困っちゃうんですけど。

「そりゃ最高に面白《おもしろ》いことになっておるなァ！　まったくリンちゃんめ、こんな千載一遇《せんざいいちぐう》のチャンス、みすみす逃《のが》すとはアホではないか!?　よォし、ここはオレが代理人として執行《しっこう》してやろう！」

「わあーっ！　やめろ馬鹿、何するつもりだ！」

真木島《まきしま》がニヤッと笑った。

瞬時《しゅんじ》に踵《きびす》を返《かえ》すと、高笑いを上げて走り出した。この行動……おそらく日葵《ひまり》にチクりに行くつもりか!?

「それでは、ひと夏の恋《こい》の行く末を儚《はかな》んでいたまえ！」

「ちょ、真木島《まきしま》！　待って——え？」

俺が追いかけようとした瞬間《しゅんかん》だった。

真木島《まきしま》が振《ふ》り返《かえ》って勝《か》ち誇《ほこ》った表情を見せた背後……その進行方向、廊下《ろうか》の角の向こうから、細い腕《うで》がにゅっと伸《の》びたのだ。

その手が、ぐわしっと真木島《まきしま》の頭を摑《つか》んだ。

「ぎゃあああああああっ⁉」

見事なアイアンクローが炸裂《さくれつ》する。

真木島《まきしま》が魂《たましい》を引《ひ》っこ抜《ぬ》かれたような感じで廊下《ろうか》に沈《しず》んだ。何事だと身構えた瞬間《しゅんかん》、廊下《ろうか》の角から黒髪《くろかみ》の女子生徒が顔を出した。

榎本《えのもと》さんだった。

今日も赤みのある特徴《とくちょう》的な黒髪《くろかみ》が美しい。この前まで至福の私服を拝んでいたせいか、学校の夏服が逆に新鮮《しんせん》に感じる。そして相変わらず、薄手《うすで》のカーディガン程度じゃ隠《かく》しきれない胸の破壊《はかい》力が……あれ？

その右手にあったはずの、月下美人のブレスレットがなかった。

珍《めずら》しいな。榎本《えのもと》さん、あれはいつも身に着けているのに……俺がそんなことを考えていると、彼女は真木島《まきしま》の尻《しり》を踏《ふ》んづけた。

榎本《えのもと》さんが冷たい目で真木島《まきしま》を見下ろした。両腕《りょううで》を組むと、巨大《きょだい》なバストが一層盛り上がって目に毒だ。

「しーくん。何してるの？」

「り、リンちゃん、本物のアホなのか？　なぜこの状況《じょうきょう》で、オレを仕留める……？」

ゲシゲシと尻《しり》を踏《ふ》む。

真木島《まきしま》の洗い立てのスラックスにスリッパの足跡がついていく……。

「余計なことしないでって言ったじゃん。おばさんから様子が変だったって聞いたから、急いできて正解だった」

「くっ、だからといって出合《であ》い頭《がしら》に物理攻撃《こうげき》かますか普通《ふつう》……？」

ええ……。

目の前で開催《かいさい》される過激なコミュニケーションに、俺はドン引きしながら二人を見守っていた。

すると榎本《えのもと》さんが俺に目を向けた。

俺はギクッとする。

さっきの真木島《まきしま》が言ったこと、聞いてたよな？　ということは、俺がアクセ完売できなかったことも伝わったはずだ。

……いや、今さら考えても遅《おそ》い。どっちにしても、榎本《えのもと》さんには正直に言うつもりだった。

深呼吸して、はっきりと告げる。

「榎本《えのもと》さん。二日目の個展だけど、俺はアクセを完売できなかった」

「…………」

榎本《えのもと》さんがじっと俺を見つめている。

いつものクールな無表情……何もリアクションないところが、話の続きを促《うなが》しているように思えた。

「あの約束のことだけど――」

「いいよ」

「榎本《えのもと》さんは納得《なっとく》できないと思うけど、俺は…………え？」

聞き違《ちが》いか、と榎本《えのもと》さんを見る。

榎本《えのもと》さんは非常に素っ気ない感じで続けた。

「あの約束もうナシでいいよ。わたし、ゆーくんのこと諦《あきら》めるから」

「…………」

その意味を……というか、意味を考えるまでもない。榎本《えのもと》さんは、俺への初恋《はつこい》を諦《あきら》めると言ったのだ。

俺が言葉を失っていると、榎本《えのもと》さんはニコッと微笑《ほほえ》んで歩いてくる。あまりに綺麗《きれい》な笑顔《えがお》に、俺は状況《じょうきょう》も忘れて見惚《みと》れた。

そして見惚《みと》れついでに、頭をぐわしっと摑《つか》まれた。

「えいっ」

「ぎゃあああああああああああああああああああああああああっ⁉」

特大のアイアンクローを頂戴《ちょうだい》して、俺は真木島《まきしま》と折り重なるように廊下《ろうか》に沈《しず》んだ。

……うおおおっ。めっちゃ痛い。身体《からだ》の芯《しん》を捻《ひね》り潰《つぶ》すような重み。これ、東京でやられたやつより怨念籠《おんねんこ》もってんだけど！

榎本《えのもと》さんはペンペンと両手を叩《たた》いて、クールに言った。

「これでおしまい、い」

「は、はい。ありがとうございます……」

俺がやっとのことでお礼を言うと、榎本《えのもと》さんは真木島《まきしま》を摑《つか》んで引きずっていった。

相変らず、去り際《ぎわ》はクールで可愛《かわい》い。その後ろ姿を眺《なが》めながら……俺はよくわからない心のモヤモヤを感じていた。

♡♡♡

ゆーくんと別れた後、しーくんを連れて教室に向かう。

その途中《とちゅう》、胸に手をあててホッと息をつく。気が付けば、手のひらに嫌《いや》な汗《あせ》をかいていた。

（……大丈夫《だいじょうぶ》。普通《ふつう》にできたはず）

後ろをついてくるしーくんが、扇子《せんす》を広げて「ナハハハ」と嫌味《いやみ》な笑い声をあげた。

「リンちゃん。ずいぶんと無理をしたようではないか？」

「無理してないし、しーくんうるさい」

「そう言うな。ほんとはナツとの勝負の結果に未練があるのであろう？　リンちゃんには千載《せんざい》一遇《いちぐう》のチャンスであるからなァ？」

「…………※」

振《ふ》り返《かえ》ると、しーくんの耳をつまんで思いっきりつねった。

「あだだだだ……っ！　リンちゃん、図星を突《つ》かれたからと言って、暴力に訴《うった》えるのはやめたまえ！」

「図星じゃないし。しーくん、何でも自分が正しいみたいなスタンスやめたほうがいいよ」

しーくんが「ハッ」と鼻で笑った。扇子《せんす》でわたしの髪《かみ》をパタパタ扇《あお》ぎながら、嫌《いや》らしい声音《こわね》で言う。

「その割には、ナツの顔を見て嬉《うれ》しそうにしておったなァ？　ちょ～っと声が上擦《うわず》っていたの、勘《かん》づかれていないとよいなァ？　ま、ナツは肝心《かんじん》なところで鈍感《どんかん》だから大丈夫《だいじょうぶ》であろうが、それはそれでムカつくよなァァァァ？」

「………………」

えいっ。

耳たぶの手の力を込《こ》めると、しーくんが「ぎゃあああああっ⁉」と汚《きたな》い悲鳴を上げた。ちょうど到着《とうちゃく》したしーくんのクラスのドアを開けて、中に放り込む。

両手をペンペンと叩《たた》いて、尻《しり》もちをついたしーくんを睨《にら》みつける。

「しーくん。これ以上、余計なことしないで。さもないと……」

「な、なんだ？　今更《いまさら》アイアンクロー如《ごと》きでオレが止まると思ったら……」

わたしはフッと笑い、鞄《かばん》から黒の四角いポーチを取り出す。

その瞬間《しゅんかん》、しーくんが「なんだとっ⁉」と目を見開いた。慌《あわ》てて自分の鞄《かばん》を漁《あさ》って、そこにあるはずのものがないことに気づく。

「今朝、しーくんが忘れたからっておばさんに預かった今日のお弁当、わたしがもらっちゃうよ？」

「ちょ、リンちゃん！　それは卑怯《ひきょう》であろうが！」

「いいのかなあ？　今日のおかず、しーくんが好きな軟骨《なんこつ》入りハンバーグだって。それにしーくん、新しいテニスシューズ買って金欠なんだよね？　これがないと、お腹《なか》減って部活まで保《も》たないよね？　部活に本気で取り組むっていうしーくんのポリシーに背《そむ》いちゃうよね？」

「ぐ、ぐぬぬぬ……っ！」

しーくんが悔《くや》しそうに、お弁当に手を伸《の》ばした。


でも、その手が途中《とちゅう》でピタリと止まる。

しーくんは小さなため息をついて立ち上がった。

「前から思っておったが、真正のアホなのか？　さっきの約束とやら、なぜわざわざこちらから取り下げてやるのだ？　せっかく掴《つか》んだチャンスを――」

「そ、そういうことじゃないよ」

わたしが言葉を遮《さえぎ》ると、露骨《ろこつ》に舌打ちした。

「……とんと理解できん思考だな。なぜアクセへの情熱に負けた程度で、恋人《こいびと》の座まで放棄《ほうき》することになる？　どう考えても別腹ではないか」

「しーくんは頭がいいから、そう思うだけだよ」

扇子《せんす》の先をわたしの胸元《むなもと》に向け、ニマァっと笑った。

「リンちゃんの言っておることは、所詮《しょせん》、薄《うす》っぺらい自己防衛だ。本当は日葵《ひまり》ちゃんに負けるのが悔《くや》しいから、アクセへの情熱だ何だと対象を挿《す》げ替《か》えているにすぎない。……ならば、その化けの皮を剥《は》いでやろう」

「……何する気？」

しーくんがハッと嘲笑《ちょうしょう》した。

「リンちゃんが喉《のど》から手が出るほど欲《ほっ》していた『恋人《こいびと》の座』。それを用意してやろう。目の前に肉がぶら下げられて、果たして肉食獣《じゅう》は我慢《がまん》できるのか見ものだ。そのためには……まずは日葵《ひまり》ちゃんとナツを別れさせなければいかんなァ」

「余計なことしないでって言ってるじゃん」

「止めてもよいぞ。ただし、本当にできるならなァ？」

そう言って、自分の席に向かっていく。

わたしは見届けると、自分のクラスへと向かった。しーくん、昔からへそ曲がりで困る。そんなことをしても意味ないし。わたしはちゃんと、ゆーくんのアクセへの情熱を認めたから退くことにしたんだから。

（……しーくんには負けない。わたしはゆーくんの邪魔にならないようにしなくちゃ）

決意を胸に秘《ひ》め、おーっと腕《うで》を振《ふ》り上《あ》げた。

♣♣♣

真木島《まきしま》たちと別れた後、俺も自分の教室に到着《とうちゃく》した。

（榎本《えのもと》さんのことで、頭が混乱している……）

榎本《えのもと》さんが俺への初恋《はつこい》を諦《あきら》めた。

そのこと自体はいいんだ。それは元々、俺が望んだ展開でもある。でも完全に出鼻をくじかれた形で、しかも咲姉《さくねえ》さんの言う『積み重なる榎本《えのもと》さんへの借り』は全くのスルーだ。正直、このまま「はいそうですか」ってなっていいんだろうか。でも榎本《えのもと》さんが気持ちの整理つけたのに、さらに俺がアレコレ言っても意味ないよな……。

（てか、マジでお腹痛《なか》ぇ……っ！）

めっちゃキリキリする。なんだこれ。榎本《えのもと》さんの告白を断ったことは何度かあるけど、その比じゃない。罪悪感で死にそう……。

自分の席に座ると、隣《となり》の日葵《ひまり》がさっそく聞いてくる。

「さっきの真木島《まきしま》くん、何だったの？」

「あー……」

さっきあったこと、何一つとして日葵《ひまり》には言えない。

「えっと。な、夏休みが明けてもラブラブだなって……」

嘘《うそ》は言ってない。しかし極《きわ》めて局所的な言葉を切り取ってみると、日葵《ひまり》はあっさりと真に受けた。

日葵《ひまり》が「キャーッ」って有頂天でベッシベシ叩《たた》いてくる。

「ええ〜っ！　そっかそっかーっ！　やっぱわかっちゃうかーっ！　あいつ紛《まぎ》れもないくそ野《や》郎《ろう》だけど、そういうところは鋭《するど》いからなーっ！　隠《かく》してもわかっちゃうもんなーっ！　ま、アタシたちオーラあるもんなーっ♡♡♡」

「日葵《ひまり》さん？　ねえ、日葵《ひまり》さん？」

え、それ学校でもやる感じ？　俺としては控《ひか》えてほしいんですけど？　その『♡』まき散らすのどうにかならない？

周囲のクラスメイトたちに「何だ何だ？」と観察されている。勘《かん》の鋭《するど》い女子たちがヒソヒソと「とうとうヤッた？」「ヤッたでしょ」「俺たち親友（どやっ）」……って、それ以上はマジで勘弁《かんべん》してください。黒歴史ザックザック刺《さ》されて俺が死ぬ。

もういいや何とでもなれって感じで鞄《かばん》の教科書類を机に収めていく。

……一応、榎本《えのもと》さんとは話がついたし、とりあえず問題ない。問題は……。

「それで犬塚《いぬづか》さん？　決め手は何だったのでしょうか？」

「いやー♡　アタシの可愛《かわい》さと、困難に打ち克《か》つ献身《けんしん》的な愛かなー♡　あ、ラッキーアイテムはヒマワリのお花畑だよー♡」

「ほうほう。長年の親友関係にピリオドを打ったことになりますが、その点についてコメント頂けますか？」

「んー♡　ちょっとは寂《さび》しいけど、まあしょうがないよなー♡　最初からこうなる運命だったっていうか？　ちょっと回り道しちゃったけど、ゆえに強い絆《きずな》が芽生えたよねー♡」

日葵《ひまり》がクラスの女子たちに囲まれて記者会見を開いていた。

クラスメイトもやんややんやとお祭《まつ》り騒《さわ》ぎで、中央の日葵《ひまり》を囃《はや》し立《た》てている。

「…………」

何なのコレ？　みんな、日葵《ひまり》が前に上級生とかと付き合ってたときはそんなの全然やってなかったじゃん。その結束力なんなの？　俺への羞恥《しゅうち》プレイなの？

色んな感情がない交ぜになって死にたくなっていると、クラスの男子たちが寄ってきた。俺に肩《かた》を組んで、ちょっと泣きそうな笑顔《えがお》を向けてくる。

「おめでとう」

「夏目《なつめ》くん。やるときはやる男だって信じてたよ」

いや何なんだよ。

いきなり握手《あくしゅ》しながら健闘《けんとう》を称《たた》えるのやめてほしい。別にいい勝負した覚えはないんだけど？

なぜか二人して写真とか撮《と》られまくったけど、もう疲《つか》れてどうでもいいやって感じだった。

♣♣♣

俺と日葵《ひまり》が華麗《かれい》な二学期デビュー（？）を果たして、数日が経過した。

俺はその日もげっそりしながら授業を受けていた。なぜそんな感じなのか。それは日葵《ひまり》のほうが厄介《やっかい》なことになっているからだ。

たとえば、その日の古文の時間……。

「悠宇《ゆう》。はい、アタシの教科書、見せてあげる♡」

「………」

俺の返事の前に、日葵《ひまり》が机をガツンッと合わせる。なんか格闘《かくとう》ゲームの打撃《だげき》音みたいな音量だったけど大丈夫《だいじょうぶ》？　俺の机、割れてないよね？

古文のお爺《じい》ちゃん先生が、眼鏡をくいっと上げた。

「夏目《なつめ》くん、教科書がないのかねぇ～？」

「あ、いや、持ってきて……」

います、と言おうとした瞬間《しゅんかん》。

隣《となり》の日葵《ひまり》から、ものすご～～～～～く悲しそうな視線ビームが向けられる。それにビリビリと感電した俺は、意思を無視して勝手に返事をした。

「ハイ。オレ、キョウカショ、ナイ……」

めっちゃカタコトになってしまった。

前の席の男子が「ぶふっ」と噴《ふ》き出《だ》して、俺の顔がカアーッと熱くなる。でも隣《となり》の日葵《ひまり》がめっちゃ嬉《うれ》しそうに俺の膝《ひざ》をバッシバシ叩《たた》くのでOKです……。

お爺《じい》ちゃん先生は不審《ふしん》なカタコトを気にせず、手元のノートにメモを取った。

「それじゃあ、忘れ物で減点1しておこうねぇ～」

「ぐはあ……っ!?」

うちの古文の評価は減点方式だ。ちなみに減点が10溜《た》まると、放課後に下足場の掃除《そうじ》。これは絶対に日葵《ひまり》も手伝わせてやる……。

日葵《ひまり》は気にせず、最高にご機嫌《きげん》な笑顔《えがお》である。

「んふふー。悠宇《ゆう》ってば、アタシのこと好きすぎかー？」

「そっすね……」

ああ、なんて弱い俺。このままだと、日葵《ひまり》のイチャイチャ要望に応えて学校中をピカピカにしちゃいそう……。

授業はつつがなく進み、お爺《じい》ちゃん先生が教室を見回した。

「え～と……じゃあ、この現代語訳を、夏目《なつめ》くん答えてみようかねぇ～？」

「あ、はい」

えーっと。該当箇所《がいとうかしょ》は『竹取物語』の冒頭《ぼうとう》だ。

『あやしがりて、寄りて見るに、筒《つつ》の中光りたり。それを見れば、三寸ばかりなる人、いとうつくしうてゐたり』

かなり有名な一文だろう。てか、これは一年のときもやったし。今回は『竹取物語』の中《ちゅう》盤《ばん》くらいの話をやるらしいから、おさらい的な意味だろう。

えーっと。『あやしがりて』は、現代語訳で『不思議に思って』。『いとうつくしうて』は大変美しい、という意味だけど、この場面のかぐや姫《ひめ》は赤《あか》ん坊《ぼう》だから、大変かわいらしいという意味になるはずだ。……恐《おそ》ろしきは雲雀塾《ひばりじゆく》。もう三か月も前のことなのに、いまだにしっかり頭に残っている。

俺は立ち上がって、該当箇所《がいとうかしょ》を答えた。

「えーっと。『不思議に思って傍《そば》に寄ってみると、竹筒《たけづつ》の中が光っている。それを見ると、三寸ほどの人が、大変かわいらしい様子で座っていた』……です」

お爺《じい》ちゃん先生が、うんうんとうなずいた。

「よろしいですねぇ～。加点1で、さっきの減点取り消しましょうねぇ～」

「わ、ありがとうございます！」

ラッキー！

いや、簡単な問題で指されたってことは、たぶん救済措置《そち》のつもりだったんだろう。さすが仏の異名を取る先生だ。めっちゃ優《やさ》しい……。

俺は席に着いた。

「んん？」

ふと目を落とした日葵《ひまり》のノートに、妙《みょう》な一文が追加されている。

『アタシとかぐや姫《ひめ》、どっちがいとうつくし⁇』

その日葵《ひまり》に目を向けると「きゃっ。聞いちゃった！」って感じでほっぺたに手をあてて照れている。死ぬほど可愛《かわい》いけど、今のテンションでは受け止めきれない。

「…………」

俺が完全に置いてけぼりにされていると、日葵《ひまり》が「ハッ！」と何かを察したご様子。同時にマリンブルーの瞳《ひとみ》がうるうる潤《うる》んだ。

……あ、わかる。これはアレだ。「もしかして悠宇《ゆう》、アタシのこと飽《あ》きちゃったの？」ってやつ。最近、俺だけが冷静になっちゃってるから、イマイチ日葵《ひまり》のテンションに乗っかってやれないんだよな……。

（い、いや、そういうことじゃなくて……ああくそ！）

俺は大きく息を吐《は》いた。

そんなの聞かれるまでもないし。顔も見たことないお姫《ひめ》様よりもうちのカノジョのほうが可愛《かわい》いに決まってる。

俺は覚悟《かくご》を決めると、シャーペンを取ってさらさらと返事を書く。

『日葵《ひまり》のほうがいとうつくし』

日葵《ひまり》の顔色がパッと華《はな》やぎ、返事の返事があった。

『ほんと？』

『マジで世界一いとうつくし』

『もっと言って♡』

もっと？

『日葵《ひまり》のほうが可愛《かわい》い』『マジで可愛《かわい》い』『授業中に隠《かく》れてイチャつこうとする日葵《ひまり》が死ぬほど可愛《かわい》い』『てかこれ見ながらちゃっかり板書してる抜《ぬ》け目《め》ない日葵《ひまり》も賢《かしこ》い可愛《かわい》い』『後でノート見せてくれる日葵《ひまり》は聖女のような神々《こうごう》しさ可愛《かわい》い』ここでページをめくる。『この真っ白いノートのような綺麗《きれい》な心で言える可愛《かわい》い』『可愛《かわい》い可愛《かわい》い可愛《かわい》い』『日葵《ひまり》が可愛《かわい》くなかったら他の何が可愛《かわい》いのか理解できない』『そろそろ恥《は》ずかしくて耳まで赤くしてる日葵可愛《ひまりかわい》いな？』『実は昼休み、俺のために弁当を作ってきてくれてる日葵可愛《ひまりかわい》い』『最近、卵焼きが普通《ふつう》に美味《おい》しくなってる日葵《ひまり》いいカノジョ』『夏休みにちょい焼けた肌《はだ》も健康的で可愛《かわい》いと思います』『あ、また夏祭りのときの編み込みやってほしい。ダメ？』『あのショートポニテは二人のときがいいです』『可愛《かわい》い可愛《かわい》い可愛《かわい》い可愛《かわい》い可愛《かわい》い可愛《かわい》』

俺の手が、シャーペンを落とした。

くっ、限界だ。これ以上は腱鞘炎《けんしょうえん》になってしまう。アクセクリエイター的には絶対にNGだ。

俺が降参しようとした瞬間《しゅんかん》、日葵《ひまり》がちょっと照れながら上目《うわめ》遣《づか》いにシャーペンを走らせる。

『もう一声♡』

くそ！

これ以上……腕《うで》は限界だし、どうすれば？　……あ、そうだ。ペンがダメなら、直接伝えればいい！

「日葵《ひまり》のほうが、可愛《かわい》いに決まって……んん？」

シーン……と妙《みよう》な静寂《せいじやく》に気づいた。

あれって思って周囲を見回すと、クラスメイトたちが俺たちをじーっと注視している。所々で、女子たちがクスクスと笑い合っていた。……そういえば今、古文の授業中でしたね。

お爺《じい》ちゃん先生が、慈悲《じひぶか》深い微笑《ほほえ》みで言った。

「犬塚さん、この問題に答えてみようねぇ～？」

「…………」

日葵《ひまり》に目を向けると、あわあわと教科書をめくっている。ははーん？　さてはこいつも俺の愛のメッセージに夢中で聞いてなかったな？

日葵《ひまり》が口元を教科書で隠《かく》しながら、顔を真っ赤にして白状する。

「聞いてませんでした……」

お爺《じい》ちゃん先生が穏《おだ》やかに手元のノートにメモした。

「二人とも、減点10にしとこうかねぇ～」

ごめんなさい。マジで調子に乗りすぎました……。

さすがの日葵《ひまり》マジックも、恋《こい》の病の前には効力を失うようだ。

♣♣♣

放課後。

俺たちは下足場を居残り清掃《せいそう》すると、二人で科学室へと向かっていた。

「ね、悠宇《ゆう》。進路希望どうするー？」

「あー、それなあ……」

鞄《かばん》から『一期・進路希望調査』と書かれたプリントを取り出した。

今日のHRで、担任の先生から配られたものだ。この学校は二年生の二学期から進路指導に入る。うちは特別に進学に力を入れてるわけじゃないし、他の学校と同じようなシステムだと思う。

この二年生の後期から始まる進路指導によって、三年のクラス分けに影響《えいきょう》が出る。（これもベターだと思うけど）就職組と進学組の二パターンで、これまでごっちゃだった普通《ふつう》科のカリキュラムに違《ちが》いが出てくるのだ。

「日葵《ひまり》は出したの？」

「うん。もう出しちゃった」

「早っ。もっと考えなくていいの？」

「えー。だって最初に悩《なや》んでも意味なくない？　とりあえず学力と希望進路のバランスを確認《かくにん》してるだけだし？」

「まあ、変わる前提ではあるだろうけどさ……」

それでも、こうさっぱりと提出できるあたり日葵《ひまり》は冷静だ。とても夏休み明け、俺と榎本《えのもと》さんの関係を勘繰《かんぐ》ってギャン泣きしてたのと同じ人間とは思えん……。

「ちなみに、今の希望進路は何て書いたの？」

すると日葵《ひまり》が「キャッ」と照れたポーズを取る。

「悠宇《ゆう》のお嫁《よめ》さん♡」

「ねえ、冗談《じょうだん》だよね？　マジで書いてないよね？」

「え、そんなに否定されると傷つくんだけど……」

「いや、さすがにそれはないだろ……」

日葵《ひまり》が「ぷはっ」と笑った。

……あ、よかった。ちゃんとジョークだったっぽい。

「とりあえず進学かなー」

「え、そうなの？」

「悠宇《ゆう》、なんで驚《おどろ》くし」

「いやだって、日葵《ひまり》も就職かと思ってたし……」

日葵《ひまり》がきょとんとした。

「アタシ、最初から進学希望だよ？」

「マジで⁉」

「あれ？　言ってなかった？」

「う、うん。言ってない……と思う……」

俺は働くつもりだし、日葵《ひまり》もそうなんだと思ってた。いや、それは俺の勝手な思い込みだったんだけど。

「そ、そっか。まあ、日葵《ひまり》なら推薦《すいせん》でいいとこ貰《もら》えるだろ」

うちの学校で『進学』っていうと、だいたいは学校指定の推薦《すいせん》を指す。この町の周辺、あるいは県内の大学で提携《ていけい》してるところに入れてもらって、そのまま資格とって卒業って感じ。その大部分は近所の保健大学で受け入れるから、正直、あんまり進学するって気分じゃないけど。地元から出ないし。

日葵《ひまり》は看護系を目指してるわけじゃないから、たぶん電車で通うくらいのところに入るんだろう、と思っていると……。

「いやー、最初はそのつもりだったんだけどさー。最近、ちょっと県外のいい大学狙《ねら》ってこっかなーって思ってんだよねー」

「ええっ⁉　なんで！」

つい大声を出してしまった俺に、日葵《ひまり》が一本取ったたって感じのどや顔で自慢《じまん》げに胸を張る。

「ぷっはっはー。いやー、アタシも最初は県内かなーって思ってたんだけど、ちょっと思うところがあってさー。勉強バリバリやってこっかなーって思ってんだよなー」

「勉強って？」

「そりゃアクセの販売《はんばい》のためのだよー。当たり前じゃーん！」

ぺしっと俺の頭を叩《たた》いた。

そう言われて、ちょっと安心した。てっきり、アクセ販売《はんばい》よりやりたいことができちゃったのかと思った……。

同時に、ちょっとだけ不安も残る。

「でも県外って……じゃあ、アクセの活動は……？」

「それは続けるから大丈夫《だいじょうぶ》だって！　そりゃこれまで通りってわけにはいかないけど、まったく活動できなくなるわけじゃないし。悠宇《ゆう》の新作ができたら、もちろんアタシがモデル！」

元気よく宣言すると、それからちょっとだけ寂《さび》しそうに言った。

「でも、もしかしたら会える回数、減っちゃうかもだし？　アタシだって寂《さび》しいけど、未来のためには、どこかでそういうの必要でしょ？」

「…………」

俺は、そんなこと考えていなかった。

卒業しても、これまで通り日葵《ひまり》と一緒《いっしょ》にやっていけると思っていた。東京の個展で、天馬《てんま》くんが「ずっと一緒《いっしょ》にやりたい」って言ってくれても、俺は日葵《ひまり》と一緒《いっしょ》だから無理だってすぐに思ってたくらいだ。

(でも、そっか。日葵《ひまり》は、俺よりずっと広い未来を見てたんだな……)

俺はため息をついた。

「ありがと。日葵《ひまり》なら、うまくやってくれそうだよな」

「でっしょー？　アタシ、器用なことだけが取《と》り柄《え》だしなー」

アハハと笑いながら、日葵《ひまり》が俺の手を取った。

「だから、卒業までは今しかできないことしよ？」

「今しかできないこと？」

俺が聞くと、日葵《ひまり》は可愛《かわい》らしい上目遣《うわめづか》いで言った。

「たとえば『高校の間は、アタシのこと最優先にしてね？』みたいな？」

「な、なるほど……」

あまりに日葵《ひまり》らしい要求に、俺は苦笑《くしょう》した。

「わかった。日葵《ひまり》に寂《さび》しい思いはさせないから」

二人して、照れたように笑った。

なんか、すげえむず痒《がゆ》い雰囲気《ふんいき》だった。そもそも将来の約束とか、何度やっても恥《は》ずかしいに決まってるし。

俺たちは「やっべー。今、キスしてー」とか思いながら（日葵《ひまり》も絶対思ってたはず）、ようやく科学室に到着《とうちゃく》した。

（俺は未来のことはよくわかんないけど、とにかく目の前のことを頑張《がんば》っていこう）

そして俺にとって目の前のこととは――もちろん〝you〟としての活動だ。

11月には、文化祭がある。

俺たちも園芸部として、何かしら参加する予定だ。

日葵《ひまり》がスマホで、去年の文化祭の写真を見返しながら言った。

「去年は書道部とコラボして、和の展示やったんだよねー」

「俺、今年はアクセ販売会《はんばいかい》やりたいな。天馬《てんま》くんたちの個展で学んだことを実践《じっせん》するチャンスだし、今年はうちだけで展示やれるかな」

日葵《ひまり》が待ってましたとばかりに、鞄《かばん》から用紙を取り出した。

文化祭に関する注意事項《じこう》ってやつだ。さっき職員室に寄ったときにもらってきた。とりあえずこれに部活名と参加メンバーの名前を書けば、後は先生たちがオッケーを出してくれる。

「申請《しんせい》条件は特にないし、大丈夫《だいじょうぶ》じゃないかなー。去年は〝you〟の正体を隠《かく》してたからアクセ関連はしなかったわけですし？」

「まあ、この前の騒動《そうどう》でバレちゃったしな……」

一学期の頃《ころ》、真木島《まきしま》が仕組んだ事件だ。

学校内で俺のオリジナルアクセサリーを販売《はんばい》した結果、学校に生徒の保護者からクレームがきたやつ。……今でも思い出すと、お腹《なか》がキリキリ痛む。

「文化祭が11月の頭だから、あと丸々二か月か。今からすぐに苗《なえ》とか準備すればイケると思うけど、どうだろう」

「んー。それなりの数は準備しなきゃいけないと思うけど……あと二か月でできるかなー？」

「いや、やる。東京の個展でも、天馬《てんま》くんは二日間で５００個以上のアクセを捌《さば》いていた。俺も将来的にはそれ以上のレベルでやれなきゃいけないんだ。難しいけど、これも将来の糧《かて》にするために必要なことだ」

「…………」

あれ？

日葵《ひまり》の返事がないなあと思って振《ふ》り返《かえ》ると、なぜかぽうっと熱に浮《う》かされるような瞳《ひとみ》で見つめている。俺と目が合うと、照れたように「ぷへへ」と頬《ほお》に手をあてる。

「悠宇《ゆう》。最近、アクセへの情熱ヤバみ……♡」

「そ、そうか。ありがとな……」

最近、日葵《ひまり》の好感度のハードルが低すぎる……。別に心配しちゃいけないけど、ここまでチョロイン化しちゃってカレシとしては複雑です。

「よーし。じゃあ、さっそく器材の点検からやろっか」

さっそく科学室にあるスチール棚《たな》の引き戸を開ける。

ここに収めているLEDプランターに、次の花を植えるために——んん？　内側にA4くらいの大きさの紙が貼《は》り付《つ》けてある？

『夏目悠宇《なつめゆう》。愛《いと》しのカノジョに秘密を打ち明けたか？』


——バタン、とドアを閉めた！


「…………」

こひゅうー、こひゅうー、と謎《なぞ》の呼吸が漏《も》れる。心臓がバクバクバクバクと高鳴って、歯もガチガチと震《ふる》えていた。そう、まるで深夜の道路に有るはずのないものを見てしまったような気分。身体《からだ》が凍《こご》えるように寒くて、背中を冷《ひ》や汗《あせ》がダラダラと流れている。

こんな悪戯《いたずら》をする犯人は——一人だけだ。

（真木島《まきしま》ぁぁあああああああああああああっ!!）

日葵《ひまり》が不思議そうに首を傾《かし》げた。

「悠宇《ゆう》、どしたん？」

「っ⁉」

ドキッとして振《ふ》り返《かえ》ると、逆に日葵《ひまり》がぎょっとした。

「え？　すごい顔してるけど……保健室行く？」

「あ、いや、その……」

落ち着け、落ち着け。

動揺《どうよう》するな。俺はクール。思い出せ、東京で芸能人の地雷《じらい》原を走った緊張《きんちょう》感を。そうすれば、あんな書面での精神攻撃《こうげき》なんて……いや無理無理！　ダメージでかすぎだろ！

日葵《ひまり》の目が鋭《するど》くなった。

やべ、気づかれた？　いや、日葵《ひまり》のところからは見えないはず……。

「悠宇《ゆう》。どいて」

「いやいや、ちょっと待ってくれ。あ、ちょっと腰《こし》が痛くてさ。東京から帰るとき、飛行機とか電車とかでずっと座ってたからかなー……」

「そういうのいいから。はやくどいて」

「な、なんでそんな……」

やけにぐいぐいくるんだけど……。

すると日葵《ひまり》が目を伏《ふ》せて、悲しそうに言った。その表情は、ちょっと泣きそうで、その胸の内に大きな怒《いか》りを湛《たた》えているようだった。

そして真剣《しんけん》な声音《こわね》で言ったことによると……。

「変な気を遣《つか》わないでよ。なんか嫌《いや》がらせ、されてるんでしょ？」

「…………え？」

予想外の言葉に、俺はつい呆《ほう》けた。

どういうこと？　嫌《いや》がらせって、なんの嫌《いや》がらせ……あ、そういうこと⁉

俺はようやく、日葵《ひまり》の言いたいことがわかった。

アレだ。俺が中学の頃《ころ》から、ちょいちょい遭《あ》ってたやつ。日葵《ひまり》と仲いいからって、日葵《ひまり》のことを好きな男子から絡《から》まれたりしてたんだよ。

この数日間、日葵《ひまり》とラブラブ全開だった。俺たちの関係が変わったのは一目瞭然《いちもくりょうぜん》……となると、これまで奔放《ほんぽう》だった日葵《ひまり》の犠牲者《ぎせいしゃ》たちが黙《だま》ってないはず、ってことか。

恋《こい》は害悪って考え方は、ある意味でまだ生きてるってことだな……。

「いや、違《ちが》う違《ちが》う違《ちが》う！　それはマジで誤解だ！」

「それなら、なんで見せたがらないの？」

「えーっと、それはですねー……」

東京でやらかした罪を突《つ》き付《つ》けられてるとか言えない……。

めっちゃ心苦しい。日葵《ひまり》はあんなに俺のことを想《おも》ってくれているのに、俺はこんなにも不純なクソ野郎《やろう》だ。

（……マジで落ち着け。榎本《えのもと》さんは、あの約束は破棄《はき》だって言ってた）

とりえず、この貼《は》り紙《がみ》だけは処分しなきゃ。

「日葵《ひまり》。実はえーっと、棚《たな》の中に、変な虫がいてさ」

日葵《ひまり》がぎょっとした。

「え、マジで？　キモい系？」

「まあ、割とそんな感じ」

「ヤダヤダ、悠宇《ゆう》任せる！」

「おう。任せられた」

フフフ。日葵《ひまり》は虫とか苦手だ。

対して俺は、コンビニの手伝いのおかげでそういうのには耐性《たいせい》があったりする。うまいこと隙《すき》を作ることに成功した。

日葵《ひまり》が後ろを向いた瞬間《しゅんかん》に、ささっとドアを開けて紙を剝《は》ぎ取《と》った。まったくセロハンテープ留めとか雑すぎだろ。もし剝《は》がれて日葵《ひまり》に見られたらどうするんだよ……。

それを握《にぎ》り潰《つぶ》すと、ポケットにしまった。

ホッと息をつくと、日葵《ひまり》に向く。

「日葵《ひまり》。俺、ちょっと用事あったわ。悪いけど、先にプランターの点検しててくれない？」

「あ、そうなの？　わかったー」

最近、日葵《ひまり》に嘘《うそ》つくのに抵抗《ていこう》がなくなってきている。

これはよくない……。

(でも、これが最後だ！)

俺は科学室を出ると、まっすぐグラウンドへと向かった。

◇◇◇

悠宇《ゆう》が慌《あわ》てて科学室を出て行った。

なんか用事があるって言ってたけど、あの感じだと嘘《うそ》っぽい。悠宇《ゆう》があいうときはアタシに言えないことだから、あえて聞いたりしないけどね。

ふうっと息をつき、その場でビシッと横ピースを決める。

「なんたって、アタシは勝ちヒロイン！」

そうなのだ。

アタシこそ悠宇《ゆう》の運命共同体《きょうどうたい》にして、正妻力を内包せし最強のパートナー。

もはや、この絆《きずな》を破壊《はかい》するものは存在しない。えのっちとの東京旅行を許した……いや、赦《ゆる》したことで、アタシの『神に愛され度』はさらに上のステージに上がった。完璧《かんぺき》な生命体へとまた一歩、近づいたのだ。

ま、さすがにエッチとかしてたら、寛容なアタシでもプッツンしちゃうかもだけどさー。だってそれは違《ちが》うでしょ？　アタシだって親友の頃《ころ》にそこまではしたことないですし？　えのっちみたいな運命の女の子でも、それだけは許さないゾ♪

（もちろん、そんなことないって信じてるけどね！）

悠《ゆう》宇は真面目で、誠実で、才能も目標も持ったまさに理想の男の子だし。ちょっとマイナス思考なのが玉に瑕《きず》だけど、英雄《えいゆう》ってのはそういうもんだからさ。自己の持つ行き過ぎた能力に苦悩《くのう》するターンは必ず必要ってこと。

そんな悠《ゆう》宇に並び立つためには、アタシも慢心《まんしん》せずに正妻力を磨《みが》いてかなきゃなー。

もちろん悠《ゆう》宇の夢を支えるのも大事だけど、ちゃんとカノジョとして悠《ゆう》宇と楽しい高校生活を送るんだよ。夢と同じくらい、恋《こい》も大事。すごく大事。ここテストに出るし、何なら国立大の受験にもかかわるから超々《ちょうちょう》大事だぞ♪（ウソだよ☆）

んふふー。最近はお料理とか勉強してるしなー。そうしたら、いよいよ隙《すき》がなくなっちゃうよなー。

「とりあえず、今日は頼《たの》まれたプランターのお手入れしよーっと♪」

アタシたちの理想の未来に向けて、邁進邁進《まいしんまいしん》☆

そう思いながら、スチール棚《だな》のLEDプランターを持ち上げた。

——エロい添《そ》い寝《ね》写真があった。

「…………」

ゴシゴシ、と目をこすった。

えーっと？

その写真を拾い上げる。

悠宇《ゆう》とえのっちが、バスローブ姿で添《そ》い寝《ね》してる写真だった。たぶん東京旅行のやつ。

完全に初見っていうか……何これ？　誰《だれ》かの悪戯《いたずら》？　悪趣味《あくしゅみ》なコラ？　てか、イマドキ写真って何？　いやいや、問題はこの内容なんですけど？

確証はないけど、なんか事後のカップル特有の空気をバリバリ感じる。この一度、身体《からだ》を許したがゆえの気の緩《ゆる》み……みたいなやつ。

いやいや、だって普通《ふつう》、エッチしてない男子の前で、こんなに胸元《むなもと》広げちゃう？　ないよね？　それとも何？　巨乳《きよにゆう》女子はバスローブ着ると、構造的にこうなっちゃうのかな？　これもまた与《あた》えられし者の苦悩《くのう》ってやつ？　んふふー。んなことあってたまるか。

改めて二人に目を落とした。

悠宇《ゆう》は熟睡《じゅくすい》してるけど、えのっちはバリバリ幸せそうな顔でほっぺたなんかくっつけて、いかにもいい、と仲睦《なかむつ》まじって感じ。
古文の授業でやった竹取物語っぽく言うと「今は昔、東京旅行の二人ありけり。ベッドにまじりて仲を深めつつ、よろづのことを張り切りけり。名おば、クリエイターの〝you〟となむいひける」って感じ？　さっすが日葵《ひまり》ちゃん、授業の内容も完璧《かんぺき》じゃーん♪

……ふぅーん？

ふぅ〜〜〜〜〜〜〜〜〜〜〜〜〜〜〜〜〜〜〜〜〜〜〜〜〜〜〜〜〜〜〜〜〜〜〜〜〜〜〜〜〜〜〜〜〜〜〜〜〜〜〜〜〜〜〜〜〜〜〜〜〜〜〜〜〜〜〜〜〜〜〜〜〜〜〜〜〜〜〜〜〜〜〜〜〜〜〜〜〜〜〜〜〜〜〜〜〜〜〜〜〜〜〜〜〜〜〜〜〜〜〜〜〜〜〜〜〜〜〜〜〜〜〜〜〜〜〜〜〜〜〜〜〜〜〜〜〜〜〜〜〜〜〜〜〜〜〜〜〜〜〜〜〜〜〜〜〜〜〜〜〜〜〜〜ん？？？

アタシは写真を棚《たな》の中に戻《もど》すと、鼻歌交じりに科学室を出た。
まっすぐ自販機《じはんき》コーナーに向かった。お決まりの右から三番目にお金を入れて、左端《ひだりはし》に並んでいるヨーグルッペのボタンを押す。
ポコン、と紙パックジュースが落ちた。ストローを挿《さ》して、ちゅーっと飲み干した。冷えた乳酸菌《にゅうさんきん》が、身体《からだ》の隅々《すみずみ》に行《い》き渡《わた》る感覚が心地《ここち》いいね。

んふふー。でも、ちょーっとクールダウン足りないかもなー。

なーんか身体《からだ》の奥が熱いし、まだまだ日射病とか怖《こわ》いからね。もう一本、いっとこっか♪

ポコン、ちゅー。

ポコン、ちゅー。

ポコンポコン、ちゅ～～～～。

……ふうっ！

五本目のヨーグルッペを飲み干して、紙パックをペコペコ畳《たた》んだ。そして燃えるごみのカゴに入れると、ぐーっと伸《の》びをする。

よーし！

天使みたいに可愛《かわい》いアタシ、めっちゃクール!!

再び科学室への道を行きながら、アタシは鼻歌交じりにスキップしちゃうのだ☆

いやー、頭がすっきりしたなー。

まさか白昼夢を見ちゃうとは思わなかったよ。だって悠宇《ゆう》は、えのっちとは何もなかったって言ってたんだもん。悠宇《ゆう》がアタシに嘘《うそ》つくわけないよね。

自分ではわからないけど、けっこう疲《つか》れてるのかな？　もしかして夏バテってやつ？　ま、夏休みは波瀾万丈《はらんばんじょう》だったしなー。それに洋菓子店《ようがしてん》でのバイトも頑張《がんば》っちゃったし？　いくら神に愛されたアタシとはいえ、人間である以上は疲労《ひろう》するってもんですよ。

今日は帰るとき、悠宇《ゆう》と一緒《いっしょ》にイオンに行くんだー。あ、ホームセンターで花の苗《なえ》をチェックするのもいいかもね。アタシたちの輝《かがや》かしい未来のために、今は地道な作業もしっかりこなしてこっ♪

アタシは穏《おだ》やかな心で、科学室のドアを開けた。

「たっだいまーっ！」

まだ悠宇《ゆう》は帰ってなかった。

さっきの白昼夢を確認《かくにん》するために、再びスチール棚《だな》を開ける。さっきのＬＥＤプランターを持ち上げると……やっぱりエロい添《そ》い寝《ね》写真があった。

……ふぅ～ん？

そっか～。悠宇《ゆう》、アタシに嘘《うそ》ついてたんだね～？

菩《ぼ》薩《さつ》のように微笑《ほほえ》んでいたアタシの表情が——ギンッと羅《ら》刹《せつ》になった。

「……………………お？」

天使みたいに可愛《かわい》いアタシ、ついド汚《ぎたな》い声が出ちゃったゾ☆

# Ⅱ

## "愛嬌・遊び"

科学室を出ると、俺はまっすぐグラウンドに向かった。

目当ては、隅《すみ》のコートで練習しているテニス部だ。案の定、真木島《まきしま》は部活の練習に勤《いそ》しんでいた。

グラウンドの隅《すみ》で、練習始めのストレッチを行っている。一年の可愛《かわい》らしい女子……真木島《まきしま》の今のカノジョのはずだ。真木島《まきしま》の背中を、カノジョさんがぐーっと押して身体《からだ》を伸ばしている。

俺に気づくと、真木島《まきしま》が手を振《ふ》った。

「やあ、ナツではないか。放課後にこんなところにいるとは珍《めずら》しいな。花壇《かだん》のほうの世話でもして……」

「まぁーきぃーしぃーまぁー……っ！」

へらへらした挨拶《あいさつ》を言い終わる前に、俺は真木島《まきしま》の肩《かた》を掴《つか》んだ。カノジョさんに「借ります」と承諾《しょうだく》を取ってズルズル引きずっていくと、なぜか「頑張《がんば》ってくださいねー」って応援《おうえん》してくれる。相変わらず、よくわからない子だ……。

真木島《まきしま》が引きずられる体勢のまま、ナハハハと高笑いしている。

「ナツよ、そんな血相変えてどうした？　ただでさえ暑いのだから、もっとクールダウンしたまえ」

体操服がずり上がって腹が見えた。榎本《えのもと》さんみたいに蹴《け》りでも入れてやろうか……。

園芸部の花壇《かだん》のところまで連れて行くと、真木島《まきしま》の襟《えり》を掴《つか》んでガックンガックン揺《ゆ》すった。

「真木島《まきしま》、マジで勘弁《かんべん》してくれ」

「はて、何のことかわからんなァ？」

「あんなメッセージ仕掛《しか》けるやつ、おまえしかいないだろ!!」

「ナハハ。証拠《しょうこ》もなく黒と決めつけるのはよくないぞ。そういう態度は、いずれ致命《ちめい》的なミスを犯《おか》すことになる」

いや、それ自白してるのと一緒《いっしょ》じゃん……。

てか榎本《えのもと》さんがもう諦《あきら》めるって言ってんのに、なんでこいつが茶々を入れてくるわけ？　マジで意味がわからん。

その理由を聞いても……たぶんこいつのことだし、言わないんだろうな。榎本《えのもと》さんに聞くのも……あんまりよろしくない気がする。てか、あの日以降、榎本《えのもと》さんと顔合わせてないし。あっちが空気を読んでくれてるのに、俺から蒸《む》し返《かえ》しに行っちゃまずいだろ。

とか一人で悶々《もんもん》としていると、真木島《まきしま》が肩《かた》を震《ふる》わせていた。扇子《せんす》で口元を隠《かく》しながら、フフフと意味深に笑っている。

「そう。このアクションで最も肝要《かんよう》なのは、証拠《しょうこ》を残さぬことだよ」

「はあ？　何言ってんだ……？」

「イマドキ、ラインでも何でもデータの転送は可能だ。だが、それだと送信者《オレ》の名前が残ってしまう。そのデメリットがわかるか？　怒りの矛先が、オ、レ、に、向、い、て、は意味がないのだ。ま、オレは日葵《ひまり》ちゃんのライン知らないし、どっちにしろ原始的な手段に頼《たよ》らざるを得ないのだがな」

「だから、何の話だよ？　さっきのメッセージのこと？」

「これは釣《つ》りの話だ。ナツは海釣《うみづ》り、やったことあるか？　撒《ま》き餌《え》で魚をおびき寄せ、本命を狙《ねら》う。昔、兄貴に連れられてやったのだが、これがなかなか難しい。撒《ま》き餌《え》のチョイスが大事なのだ。狙《ねら》った獲物《えもの》には、本命の針を食わさねばならんからな」

その言葉に、何かが見えた。

そう、それは海中。俺と日葵《ひまり》は魚だ。ふと立ち寄った浜《はま》で、たくさんの餌《えさ》が海面に漂《ただよ》っているのを見つける。

俺はつい目立つ撒《ま》き餌《え》に食いついた。日葵《ひまり》をほっぽり出して、大量に漂《ただよ》う餌《えさ》に夢中になっている。でもそれは間違《まちが》いだった。本当に狙《ねら》われていたのは──。

「リンちゃんが初恋《はつこい》を諦《あきら》めて一安心？　まさか。それで過去がすべて清算されると思っているのか？　幾人《いくにん》もの女を渡《わた》り歩《ある》いたオレが言うのだから間違《まちが》いないことだよ」

真木島《まきしま》が、ニヤッと悪い笑《え》みを浮《う》かべた。

「いいカノジョは、カレシの不貞にどこまで寛容《かんよう》であろうなァ？」

「……っ!?」

俺の背筋に、ぞくっと悪寒《おかん》が走った。

「おまえ、マジで地獄《じごく》に堕《お》ちろ！」

俺は真木島《まきしま》を放り出すと、慌《あわ》てて引き返した。

（ヤバいヤバいヤバい！）

真木島《まきしま》しか知らないものといえば、アレに違《ちが》いない！

──俺と榎本《えのもと》さんの、個展での勝負の約束！

榎本《えのもと》さんが約束を帳消しにしてくれたから、日葵《ひまり》には言ってない。

『俺、夏目悠宇《なつめゆう》は、天馬《てんま》くんたちの個展でアクセを完売できなかったら、榎本《えのもと》さんと付き合います』

あの誓約は、榎本《えのもと》さんがスマホに録音していた。……きっと真木島《まきしま》は、何らかの方法であの音源を手に入れたんだろう。もしアレを日葵《ひまり》に聴《き》かれたら……たぶんお終《しま》いだ！

靴《くつ》を脱《ぬ》ぎ、全力で廊下《ろうか》を走り（笹木《ささき》先生に見つかって注意された）、特別教室棟《とう》の二階に到着《とうちゃく》する。

「…………」

心臓がバクバク早鐘《はやがね》を打つ。

科学室のドアに手をかけて、そろりと開けた。隙間《すきま》から覗《のぞ》くと、日葵《ひまり》が背を向けた状態でLEDプランターを点検していた。

かすかに鼻歌が聞こえるし、ずいぶん機嫌《きげん》がよさそうだ。……ホッとした。なんだ。真木島《まきしま》にからかわれただけか。

そりゃそうだよな。あいつだって、そんな暇《ひま》なことするわけねえだろ。そうなると逆に腹立ってくるけど、これをきっかけに気を引《ひ》き締《し》めないと……。

俺は深呼吸すると、ドアを開けて入った。

「ゴメン、待たせた。俺も手伝うよ」

「…………」

んん？

日葵《ひまり》は鼻歌をやめずに、プランターを点検している。まるで俺の声が聞こえていないみたいだ。俺はみょ～に嫌《いや》な予感を覚えた。

「ひ、日葵《ひまり》さん……？」

再度、呼びかける。

すると日葵《ひまり》が振《ふ》り返《かえ》って、眩《まばゆ》い笑顔《えがお》で答えてくれる。

「あ、悠宇《ゆう》！　おっかえりー」

「日葵《ひまり》、一人で作業させてゴメンな」

「ううん。当たり前じゃん。だってパートナーだもん」

日葵《ひまり》の優《やさ》しさが胸にじーんとくる。

よかった。さっきの嫌《いや》な予感、気のせいだったみたいだ。ついでに罪悪感で死にたくなりながら、俺はできるだけ冷静に会話を続ける。

「さーて。俺も器材の点検しなくちゃな……」

さりげなく後方のスチール棚《だな》に移動する。その中を覗《のぞ》き込んで……ここから見える位置には何もないけど……。

てか、音源ならどうやって聞かせるつもりなんだ？　ここにボイスレコーダーでも仕込《しこ》むというのか？　果たして他人のボイスレコーダーを勝手に再生するやつがいるのだろうか。

なんか真木島《まきしま》らしくねえなあと思っていると、背後から声が降ってきた。

「ゆっう～？　どしたのー？」

「……っ⁉」

ドキーッとして振《ふ》り返《かえ》ると、笑顔《えがお》の日葵《ひまり》がこっちに屈《かが》んで首を傾《かし》げている。まるで棚《たな》の内部を覗《のぞ》き込もうとしているようにも見え……いや、気のせいのはず。ちょっと疑心暗鬼《ぎしんあんき》になってるだけだ。

「悠宇《ゆう》、何か探してる感じ？」

そそっと背中で棚《たな》の内部を隠《かく》しながら、愛想笑《あいそわら》いを浮《う》かべる。

「あ、えっと。花の脱色《だっしょく》に使うエタノールとか、減ってた気がするなあって思ってさ」

「あー。そういえば、夏休みに一気に使っちゃったもんねー。後でAmazonで注文しとこっか？」

「あ、ありがと。……あっ。ついでに、他にも減ってるやつないか見ておくよ」

「オッケー。じゃ、アタシは向こうでプランターの点検続けとくね？」

……セーフ。

日葵《ひまり》が背を向けて、あっちのテーブルに戻《もど》っていった。その隙《すき》に、俺は再び棚《たな》の内部を確認《かくにん》して……。

突然《とつぜん》、耳元でボソッと日葵《ひまり》が囁《ささや》いた。

「あ、悠宇《ゆう》。そういえばプランター、1個、壊《こわ》れちゃってたよ？」

「うわっひゃあーっ⁉」

つい悲鳴を上げて振《ふ》り返《かえ》った。

まるで気配を悟《さと》らせなかった日葵《ひまり》は、可愛《かわい》らしく噴《ふ》き出《だ》した。

「ぷっはーっ。悠宇《ゆう》、女の子みたーい♪」

「いきなり耳元で囁《ささや》かれたら驚《おどろ》くだろ……」

いや、それよりも今は普通《ふつう》に会話しなきゃな。

「プランターが壊《こわ》れた？」

「うん。ちょっと落としちゃったみたいでさー」

「そっか。もう使えなさそうな感じ？」

「ちょっと難しいと思うなー」

それならしょうがない。

LEDプランターは普通《ふつう》のよりコスト割高だけど、消耗品《しょうもうひん》であるのは確かだ。無理に使い続けると花の品質に影響《えいきょう》が出るし、ときには割り切ることも大切だ。

「とりあえず確認《かくにん》だけするよ。どれが……え？」

日葵《ひまり》のいたテーブルに歩み寄って、その落としてしまったプランターを見た。

そして絶句した。

なぜかプランターが粉々に破壊されていたのだ。

「……日葵《ひまり》さん？」

てっきりLEDライトの部分が故障したとか、そんな感じだと思ってたんだけど。うっかりミスで壊《こわ》れたってレベルじゃない残骸《ざんがい》に、喉《のど》の奥からひゅっと冷たい空気が漏《も》れた。

振《ふ》り返《かえ》ると、日葵《ひまり》はニコニコしながら立っている。……さっきの嫌《いや》な予感が、戻《もど》ってきたような気がした。

「悠宇《ゆう》、どしたのー？」

「……これ、落としちゃった」

「うん。落としちゃったんだよね？」

「……落としただけじゃ、こうはならないと思うんだけど」

「えー？　悠宇《ゆう》、アタシの言うこと信じられないのかなー？」

「あ、いや。そういうつもりじゃないけど……」

いや、負けてんじゃねえよ俺!?

つい自分にツッコんで、現実を直視する。

俺が科学室を出た30分程度の間に、日葵《ひまり》の様子がおかしくなっている。この意味を、察せないはずがない。

（いや！　でも！　まだわからない！）

なぜなら日葵《ひまり》のことだ。

もしアレが知られていれば、先日のときのように乙女《おとめ》なギャン泣きをかましてくるに違《ちが》いない。あるいは雲雀《ひばり》さんが召喚《しょうかん》されているか。そのどちらでもないことが、まだ慌《あわ》てる時じゃないことを示唆《しさ》している……よな？　してない？

とにかく！

俺は振《ふ》り返《かえ》った。日葵《ひまり》があの約束のことを知ったかは不明だが、どちらにせよ勝負は今しかない。

先手必勝。いや、この場合は後の先を制す！

「日葵《ひまり》、聞いてほしいことがある！」

「んー？　何かなー？」

日葵《ひまり》がニコニコニコニコしながら聞く。

その態度からは……読めない。いや、だからそういう問題じゃない。俺は日葵《ひまり》の両肩《りょうかた》を摑《つか》むと、はっきりと告げる。

「――日葵《ひまり》、ゴメン！　榎本《えのもと》さんのことで、まだ言ってないことがあった！」

「え？　そうなの？　何々？」

やけにノリノリなのが怪《あや》しすぎる……。

いやでも言うぞ。俺は言うからな！

「実はその……個展に参加する条件として、榎本《えのもと》さんと勝負することになったんだ。もし個展でアクセを完売できなきゃ……え、榎本《えのもと》さんの言うこと何でも聞くって約束しちゃったんだ。それが完売できなくて……」

それで、えっと……。

緊張《きんちょう》で頭が回らん。声も出ない。ここから何て言えばいいんだ？

その約束自体は、もう榎本《えのもと》さんが引いた。

だから一応、日葵《ひまり》との関係は守られたというか、守ってもらったというか……。

「ふーん……」

俺が必死で言葉を選んでいると、日葵《ひまり》がにこっと微笑《ほほえ》んだ。

「だから何？」

「……え？」

ドキッとして見返した。

日葵《ひまり》の笑顔《えがお》はぴくりとも動かない。まさに完璧《かんぺき》な微笑《びしょう》を湛《たた》えたまま、じっと俺を見つめている。

なんかこの笑顔《えがお》、見覚えがあるなあって思った。何だっけ。最近も、こんな笑顔《えがお》を見たような……あ、紅葉《くれは》さんだ。あの人が笑うとき、いつもこんな寒気のする笑顔《えがお》をしていた。

ヤバい、マズい。

焦《あせ》りが増すのに比例して、言葉が出なくなっていく。喉《のど》がカラカラで、まるで砂漠《さばく》を彷徨《さまよ》っている気分だ。

俺がドツボにハマっていると、日葵《ひまり》が落ち着いた口調で言った。

「そんな嘘つかなくていいいいのに……」

う、嘘《うそ》……？

俺が呆《ほう》けると、日葵《ひまり》が続けた。

「アクセのためじゃなくて、えのっちのほうが好きなんでしょ？　そりゃそうだよなー。アタシなんかと違《ちが》って、可愛《かわい》いし、甲斐甲斐《かいがい》しいし、何よりおっぱい大きいし？　旅行だって、ほんとは二人でラブラブするつもりだったんだよねー？」

「そんなわけねえだろ⁉」

「元々、ちょ〜っと怪《あや》しかったんだよなー。存在しない伯父《おじ》さんのお見舞《みま》いって何？　ずいぶんと準備がいい言い訳だよなー？」

「それは俺のせいだけじゃなーい‼」

咲姉《さくねえ》さんが変な設定を盛るからもーっ！

ここにはいない実姉《じつし》に心の中で文句を言うと、必死に説明を試みた。大丈夫《だいじょうぶ》、誠意を尽《つ》くせば信じてくれるって何かの映画で言ってた！

「だから、それは誤解なんだよ！　元々、真木島《まきしま》が東京へ拉致《らち》する計画を立てて、紅葉《くれは》さんと咲姉《さくねえ》さんが協力したんだ。だから俺は知らなかったっていうか……」

「は？　悠宇《ゆう》、ちょっとそれは無理あるって思わない？　さすがに荒唐無稽《こうとうむけい》すぎるでしょ」

「本当のことだからしょうがないだろ⁉」

なんで俺のこと信じてくれないんだよ！

榎本《えのもと》さんが俺と旅行したいって言ったから、真木島《まきしま》が東京への拉致《らち》計画を立てて、咲姉《さくねえ》さんが車で実行して、東京に到着《とうちゃく》したら人気モデルの紅葉《くれは》さんが悪戯《いたずら》でホテルを同室にしちゃっただけじゃん！

もし俺が日葵《ひまり》だったら……うん、冷静に考えるとちょっと信じらんねえな。無理だわ。むしろ何で信じてくれるって思ったの俺……。

俺が一人で勝手に万策尽《ばんさくつ》きていると、日葵《ひまり》が追い打ちをかけてくる。

「とにかく、よくわかったよ。悠宇《ゆう》、アタシがアクセを言い訳にすれば何でも許してくれるって思ってるんだよね？」

「そ、そんなつもりじゃ……」

「じゃあ、なんで個展で勝負とかまどろっこしいこと言ってるの？　えのっちのほうが好きだから付き合うことにしたって言えば、アタシだって……」

「だから榎本《えのもと》さんのほうが好きってことはないし、そもそも付き合ってな——」

と言いかけたところで。

「んふふー。じゃあ、これ何？」

「え……」

日葵《ひまり》が世界一可愛《かわい》い笑顔《えがお》で、一枚の写真を掲《かか》げていた。

——添《そ》い寝《ね》写真だった。

俺のほうは女性向け週刊誌の表紙でも気取ってんのかなって感じだし、榎本《えのもと》さんも胸元《むなもと》がはだけて『えらいこっちゃ榎本《えのもと》さん!!』になっていた。この美しい鎖骨《さこつ》たるや、どんな花にも喩《たと》えることができない女神《めがみ》のパーフェクトラインを……って、何を同級生女子の鎖骨《さこつ》を品評してんだよ。新手の変態か？　俺は変態に成り下がってしまったのか？

日葵《ひまり》が最高に可愛《かわい》くて、最恐《さいきょう》に不気味なスマイルを放った。

「ゆっう～？　この幸せそうな朝チュン写真、説明してくれるかな～？？？」

「なんで日葵《ひまり》が持ってんの!?」

それはアレだ。

東京から帰ってきた夜。榎本《えのもと》さんが俺のスマホに送っていた東京旅行の写真たちの中でも、最もヤバいと思ってソッコー削除《さくじょ》したやつ。

（真木島《まきしま》の仕掛《しか》け……そっちだったのかよ!!）

咲姉《さくねえ》さんの検閲《けんえつ》を逃れたことで、勝手に過去のことになっていた。

だって榎本《えのもと》さんがこんな写真を真木島《まきしま》に見せてるって、普通《ふつう》は思わないだろ！　てか、マジでなんで渡《わた》してんの⁉

日葵《ひまり》が「ぷフフフフ……」と笑いながら近づいてくる。

「おかしいよなー？　だって悠宇《ゆう》の話を整理すると、悠宇《ゆう》とえのっちがそ、そ、そういう関係になったのは、個展の後のはずだもんなー？　でもでもー、アタシ知ってるんだよなー？　えのっち、悠宇《ゆう》の言ってた個展の日に帰ってきたって。なんで知ってるかって？　えのっちママが『凛音《りおん》が帰ってきたから、夏休み最終日はバイト大丈夫《だいじょうぶ》だよ〜』ってラインくれたんだよー」

そのマリンブルーの瞳《ひとみ》からは輝《かがや》きが消え、まるで濁《にご》った深海のようだった。

「つまり、この写真が撮《と》られたのは——個展の勝負の結果が出る前ってことだよなー？」

「そ、それは、えっと……」

ヤバい。俺の勘違《かんちが》いのせいで火に油を注いでしまった。

日葵《ひまり》がゴソゴソと何かを取り出した。

「言い訳、すべて却下《きゃっか》☆」

園芸用のハサミだった。それをチョキチョキ合わせる。俺の下半身が絶望の予感と共にキュッとした。

「悠宇《ゆう》。昨日までの自分にバイバイしよっか♡」

「転職CMの『心機一転！』みたいな爽《さわ》やかポエムで言うのやめろし⁉」

「大丈夫《だいじょうぶ》、大丈夫《だいじょうぶ》。なくなっちゃっても、アクセは作れるからさー」

「ちょーっ⁉　嘘《うそ》でしょ、冗談《じょうだん》だよね！」

日葵《ひまり》は胡乱《うろん》な目で、にやっと笑う。

「アタシたち、運命共同体《きょうはん》だよね？　──裏切った相棒は始末しないと、アタシの足元にも火が点《つ》いちゃうからさ」

ゾッとするような冷たい声と共に、ハサミをチョキチョキする。

俺は思わず後ずさって、椅子《いす》やら何やらをガタガタッと倒《たお》してしまう。日葵《ひまり》が「ぷヒャヒャヒャヒャ……」とマッドな笑い声を漏《も》らしながら迫《せま》ってくる。

「ひ、日葵《ひまり》。おまえが勘違《かんちが》いするのもわかるけど、どうか話だけでも聞いてくれないか？」

「いいよ。身体《からだ》に直接、聞いてあげる♪」

「それ拷問《ごうもん》じゃん……」

「えー？　悠宇《ゆう》のお家《うち》ではそうなのー？」

「そこに『よそはよそ、うちはうち』論はないんだわ……」

俺は椅子《いす》を掴《つか》んで、日葵《ひまり》の間に構える。

これが俺の唯一《ゆいいつ》の防御《ぼうぎょ》にして、まさに命綱《いのちづな》。このパイプ椅子《いす》、マジで頼《たよ》りねえー……。

「待って待って待って。確かに榎本《えのもと》さんが写真を撮《と》ったかもしれない。でも日葵《ひまり》の考えてるような間違《まちが》いはないし、ベッドも一つだったから致《いた》し方なく……」

「なるほどー？　致《いた》し方なくベッドで夜のプロレス指導教室してたのかなー？」

「してないんだが⁉」

「悠宇《ゆう》の立派なコブラツイストで、えのっちを一発ＫＯしちゃったのかなー？？？」

「おまえのそのエロオヤジみてえな下ネタ、久々に聞いたな⁉」

頼《たの》むから喧嘩《けんか》中にぶっ込むのやめてほしい。どういうテンションでツッコめばいいかわかんないでしょ……。

「本当なんだ。キスもエッチもしてない」

「んふふー。信じると思ってる？」

「信じてくれる。信じてくれる日葵《ひまり》を信じてる」

「その無垢《むく》な日葵《ひまり》ちゃんは、先ほどお亡《な》くなりになりましたー☆」

「ぎゃあーやめてマジでやめてーっ！」

完全にテンションがおかしくなった日葵《ひまり》が、ハサミをチョキチョキしながら迫《せま》ってくる。もう片方の手が、ワキワキと言い知れない異様な動きをしていた。

迫《せま》るハサミの刃《は》。

もうダメだ。さよなら俺の――。

諦《あきら》めた瞬間《しゅんかん》、俺たちの間に一陣《いちじん》の風が吹《ふ》いた。

いや、別にバトル展開が熱くなってきたとかじゃなくて、科学室のドアが勢いよく開いたのだ。

俺と日葵《ひまり》は、とっさに入口に目を向ける。

そこにいた人物は、ある意味で予想通りの人物だった。

榎本《えのもと》さんだ。

吹奏楽部《すいそうがく》の練習中に飛び出してきたのだろうか。彼女はトランペットを右手に持ち、科学室に入ってきた。

そして日葵《ひまり》に立ちはだかるような位置につくと、静かだが鋭《するど》い語気で言い放った。

「ひーちゃん。それ以上はダメ」

「……っ⁉」

榎本《えのもと》さんに窘《たしな》められ、日葵《ひまり》が少し冷静になった。

でも相手が仕出かしたことを思い出して、むっと言い返す。

「……いくらえのっちでも、他人のカレシと東京デートするような女の子の言うことが通るわけないじゃん」

「デートはしたけど、友だちの範囲《はんい》内じゃん。ひーちゃんも似たようなもんだよ」

「あーっ！　そういうの真木島《まきしま》くんのやり方じゃん！　この場でその理屈《りくつ》は通らないでしょ！」

「だって『世の中の男女はみんなエッチしてるわけじゃない』って言ってたの、ひーちゃんだよね？　四月に一緒《いっしょ》に帰ったとき、ゆーくんとの関係聞いたらそう言ってたじゃん」

「うう……っ！」

す、すごい。

何の話かは知らないけど、さっきまでの日葵《ひまり》の暴走が消えている。あと榎本《えのもと》さん、さりげなく耳まで真っ赤にしてるの破壊《はかい》力強すぎないか？　恥《は》ずかしいなら「エッチ」とか言わなきゃいいのに。そんなところも真面目だ……。

日葵《ひまり》が必死に叫《さけ》んだ。

「えのっち。なんで悠宇《ゆう》の肩《かた》ばっかり持つの⁉　今回は絶対にアタシは悪くないし！」

「わたしはゆーくんの友だち。わたしのせいで友だちが困ってるなら、守るのは当たり前」

そして榎本《えのもと》さんは、そっと日葵《ひまり》の手を握《にぎ》った。

「そして、ひーちゃんの友だちでもあるから」

「えっ……」

予想外の言葉に、日葵《ひまり》がドキッとした。

榎本《えのもと》さんはその手を取ると、正面からマジな顔で言った。

「ひーちゃんの一番にもなるって、わたし言ったよね？」

「そ、それは、そうだけど……」

おやおや？

完全に日葵《ひまり》の勢いが消えた。……てか、なんか雰囲気《ふんいき》が変じゃないか？　日葵《ひまり》のやつ、榎本《えのもと》さんに真正面から見つめられて、ほんのり頬《ほお》を染めて恥《は》ずかしがっている。手で口元隠《かく》して明後日《あさって》のほうを見てるの、完全に乙女《おとめ》の顔じゃん……。

まあ、榎本《えのもと》さんガチンコの美人だからなあ。

日葵《ひまり》は「アタシの次に可愛《かわい》い（どやっ）」とか言ってるけど、あくまでコミュ力とか愛嬌まで含《ふく》めた総合力だから。俺も「素直《すなお》な顔面偏差値《へんさち》なら榎本《えのもと》さんのほうが上じゃね？」って思うことあるし。その点、さすが紅葉《くれは》さんの妹って感じだよな。

なんか俺が完全に蚊帳《かや》の外になってきたけど、まあ平和ならいいかなって気がしてきたぞ。

日葵はもう完全にツンデレな顔で、ぷいっとそっぽを向く。

「じゃ、じゃあ、ホテルで悠宇《ゆう》と何やってたの？　悪いことしてたんじゃなければ、ちゃんと目を見て言えるはずじゃん……」

「それは……」

榎本《えのもと》さんが言《い》い淀《よど》んだ。

ちらっと、俺に目配せする。さっきまでの自信満々な態度と打って変わり、ちょっとだけ不安そうな……いや、俺に罪悪感を覚えている感じか？

　その態度で……俺は察してしまった。

　榎本《えのもと》さんは止める間もなく、スマホを取り出した。

「ひーちゃん。この動画、見て」

「……っ⁉」

　根拠《こんきょ》はない。直感といってもいい。

　あるいは東京の個展で、早苗《さなえ》さんのアクセ販売《はんばい》を真似《まね》たことで成長した俺の対話力が、榎本《えのもと》さんのほんのわずかな機微《きび》を感じ取ったのかもしれなかった。

　俺の脳裏《のうり》を過《よぎ》るのは、あの日のことだった。それを察した俺の身体《からだ》は反射的に動いた。

　榎本《えのもと》さん、それだけはダメだ！　どんなに黒歴史を積み重ねてきた俺でも、それだけは絶対に知られたくない‼

「え、榎本《えのもと》さん！　それはちょっと待——……」

　俺が腕《うで》を伸《の》ばした瞬間《しゅんかん》——科学室に黄色い大音声《だいおんじょう》が響《ひび》き渡《わた》った！

『は～い！　ゆーくん、こっちの猫《ねこ》じゃらしで遊ぼうね～♡』

『いや、榎本《えのもと》さん？　ちょっと落ち着いて……』

『やーだ！　はよ！』

『さすがにそれは恥《は》ずかし……え？　なんで撮《と》ってんの？』
『記念に（どやっ）』
『いやいやいやいや。さすがにそれはダメでしょ』
『誰《だれ》にも見せないから』
『そういう問題じゃ……』
『……ダメ？』
『…………………い、一回だけ』
『やった！　それじゃ、ゆーくんは今から猫《ねこ》さんだにゃ～ん♪』
『にゃ、にゃ～ん……』
『ゆーくん、恥《は》ずかしがっちゃダメにゃん』
『にゃ～ん！』
『あ、可愛《かわい》い猫《ねこ》さんがいるにゃ～ん♪』
『にゃ～ん、にゃ～ん！』
『えへっ。ほ～ら、猫《ねこ》さん、お腹《なか》コチョコチョ～♪』
『にゃはははは！　こら、榎本《えのもと》さん！　ちょ、待ってにゃーん！』

………。

この空間だけ、すべての時間が止まっていた。

ひたすら垂れ流されるあの日の出来事に、ただ俺たちは絶句していた。

……そう、でしたね。あのホテルで何してたかって聞かれたら、まあ、これしかないですよね。

あのとき榎本《えのもと》さんも完全にキまってたけど、俺もどうにでもなれって感じで付き合っていた。むしろ後半は慣れてノリノリだった。

ああ、思い出されるなあ。このテンションで二人で過ごしてたら、つい夕食を持ってきたルームサービスのお姉さんにも「「ありがとうございますにゃーん♪」」とか言っちゃって、一瞬《いっしゅん》で冷静になった。

そして日葵《ひまり》の持つ、問題の写真の朝に至る——。

あのときはあんなに死にたかったのに、完全に忘れてたなんて。喉元《のどもと》過ぎれば何とやらって言うけど、マジで俺の記憶《きおく》力、仕事してほしかった。……いやむしろ、仕事したからこそ忘れてたのかな？

俺と榎本《えのもと》さんの健全なにゃんにゃんプレイの一部始終が終わると、科学室はシーン……と静寂《せいじゃく》に包まれた。

榎本《えのもと》さんは（なぜか）ちょっと誇《ほこ》らしげにどや顔している。……さっきは耳まで真っ赤にしてたのに、マジで羞恥心《しゅうちしん》のラインがわからん。

そして廊下《ろうか》の向こうから「ぶふおっ!?」と噴《ふ》き出《だ》す男子の声が聞こえた。……あの声、たぶん真木島《まきしま》だ。おそらく、自分で仕《し》掛《か》けた写真の結果を確認《かくにん》しにきたんだろう。

俺はこの世の終わりのような気分で、がくっと膝《ひざ》をついていた。

そして日葵《ひまり》は——。

「……悠宇《ゆう》」

静かな声で俺の前に立った。

俺が汗《あせ》ダラダラになっていると、日葵《ひまり》が優《やさ》しい声で告げた。

「ゴメンね？　アタシの勘違《かんちが》いだったみたい。悠宇《ゆう》はアタシの思ってるような人じゃなかった。えのっちとは潔白。それだけはわかったよ。悠宇《ゆう》、ほんとに——」

「……っ!?」

俺は顔を上げた。

日葵《ひまり》はわかってくれた。ちょっとトラブルがあったけど……マジですべてを木《こ》っ端《ぱ》みじんに吹《ふ》き飛《と》ばす勢いだったけど！　そのおかげで、こうして俺の身の潔白は証明された。俺と榎本《えのもと》さんは、こうやって健全に過ごしていただけなんだ！

そう！　まさに俺の望んだ展開だった！

「日葵《ひまり》！」

俺の叫《さけ》びに、日葵《ひまり》が応えるように目を細めた。

まるで暖かい日差しが透《す》き通《とお》るプリズムのように――。

まさに妖精《ようせい》のようなスマイルで――。


「気持ちわるッ」


日葵《ひまり》は眩《まばゆ》いばかりの笑顔《えがお》で言い放つと、鞄《かばん》を持って科学室を出ていった。

榎本《えのもと》さんも一仕事終えた感じで、さっさとトランペットを持って出て行く。きっと吹奏楽部《すいそうがく》の練習に戻《もど》るのだろう。

真木島《まきしま》の気配は、いつの間にか消えていた。

そして……。

俺は。

♣♣♣

翌日の朝。

俺は晴れやかな気持ちで、学校の校門をくぐった。

ああ、生きてるって素晴《すば》らしい。そしてアクセも作れる。言うことがない。むしろ人生でこ

れ以上、何を望むのかってレベルだ。

そんな爽《さわ》やかな朝。自転車を駐輪場《ちゅうりんじょう》に停《と》めて校舎に向かう。

（あの後ろ姿は……）

見間違《みまちが》えるはずがない。

俺の運命共同体《きょうはん》にして最愛のカノジョ、日葵《ひまり》だ。

朝から会えるなんて幸運だ。そりゃ教室で会えるけど、それより先に出会えるのが運命って感じするよな。

この幸運、俺は噛《か》みしめるぜ！

「日葵《ひまり》！　おはよう！」

俺の声に、日葵《ひまり》が気付いた。

可憐《かれん》な仕草で振《ふ》り返《かえ》ると、耳元の髪《かみ》を上げながら眩《まばゆ》い笑顔《えがお》で言った。

「あ、にゃんピッピ先輩《せんぱい》。おはようございまーす♪」

誰《だれ》だよ。

にゃんピッピ誰《だれ》だよ。

（……やっぱ昨日のこと、夢じゃなかったのか）

若干《じゃっかん》やけくそだった朝のテンションが、クールに沈《しず》んでいく。俺は切ない気持ちで日葵《ひまり》に聞いた。

「もしかして、それ言うためにわざわざ朝から待機してたわけ……？」

「えー？　もしかしてアタシが悠宇《ゆう》のこと待ってたとでも言うのかなー？　悠宇《ゆう》ってばにゃんピッピの上に自意識過剰《かじょう》ー？　キモーい」

「いや、だっておまえ車通学じゃん。こっち自転車通学じゃなきゃ通らないじゃん」

「たまには遠回りしたいのが人生なんですー。そんなだから、悠宇《ゆう》ってばカノジョできて調子乗った陰《いん》キャの域を出られないんだぞ！」

「おまえ、これ通りがかりの人にいきなり因縁《いんねん》つけてる現状の域を出られてないからな？　明らかに喧嘩《けんか》売りにきてるのおまえじゃん……」

野良《のら》のポケモントレーナーかよ。

モンスターボールを持った人には勝負を仕掛《しか》けないと気が済まない人種なの？　そんなエキサイトな人生も楽しいとは思うんだけど、俺としては闘《たたか》う意思がある人だけをジムで待ち構えるスタイルが平和だと思います。

俺がげんなりしていると、ふと日葵《ひまり》が言った。

「でもさ。アタシも思い直したんだよね」

「え？」

日葵《ひまり》はうつむき加減に指を絡《から》めて、ちょっとだけ寂《さび》しそうに言う。

「悠宇《ゆう》だってお年頃《としごろ》なんだし、えのっちみたいな可愛《かわい》い子に迫《せま》られたら、ちょっと羽目外しちゃうよね？」

「いや、あんなの見られた後じゃ言い訳できねえけど。それでも、俺は……」

日葵《ひまり》が首を振《ふ》った。

「ううん。悠宇《ゆう》、無理しなくていいよ。……アタシ、わかってるから」

「わ、わかってるって、何を……？」

俺は嫌《いや》な予感がした。

日葵《ひまり》が何か勘違《かんちが》いしているような気がして……でも、その悪い予感は当たっているんだろう。

それを裏付けるように、途端《とたん》、日葵《ひまり》が目元に手をあてた。

「悠宇《ゆう》、やっぱりアタシじゃなくて、えのっちのほうが好きなんだよね？　だから誘《さそ》われるがままにゃんにゃんしちゃうんだもんね？」

「はあ⁉　おまえ、何言ってんの？」

「大丈夫《だいじょうぶ》だから、気を遣《つか》わないでよ。アタシ、もう気持ちの整理つけたから」

「ば、馬鹿！　一人で勝手に決めんなよ！」

俺はつい、日葵《ひまり》の肩《かた》を摑《つか》んだ。

必死に俺から逸《そ》らそうとする瞳《ひとみ》は涙《なみだ》で潤《うる》んで、その声は震《ふる》えていた。

「アタシじゃ、悠宇《ゆう》の気持ちを引き留められなかったんだよね？」

「ひ、日葵《ひまり》！　そんなことない！　俺が好きなのは、おまえだけだ！」

ここが学校だってことも忘れて、俺は必死に呼びかける。

日葵《ひまり》はちょっとだけ視線を上げて、俺に懇願《こんがん》するかのように告げた。

「ほんとに？　ほんとにアタシだけ？」

「本当だ！　他にいるもんか！」

「いいの？　もう、えのっちのおっぱいとか好きにできないかもよ？」

「そもそも好きにしたくないから！　榎本《えのもと》さんの胸なんて、俺にとってはどうでもいいし！」

「そんなこと言っていいの？」

「当たり前だろ。胸だけが女子の魅力《みりょく》だなんて言うやつ、間違《まちが》ってるって！」

日葵《ひまり》が「そっか……」と呟《つぶや》いて、恥《は》ずかしそうに視線を逸《そ》らした。その頬《ほお》が、ほんのりと赤く染まっている。口元が緩《ゆる》んで、ちょっとだけ嬉《うれ》しそうだった。

ああ、ようやく俺の気持ちが届いた。一時はどうなることかと思ったけど、やっぱり日葵《ひまり》は話せばわかってくれる。俺は温かい感情に、胸が満たされて……んん？

なぜか日葵《ひまり》の肩《かた》がぷるぷる震《ふる》えていた。口元を押《お》さえて、必死に笑いを堪《こら》えているようにも見える。……さっきの頬《ほお》が赤かったの、照れてたわけじゃないらしい。

（あ、これなんか見覚えあるパターンっすね……？）

俺が嫌《いや》な予感を覚えると同時に、日葵《ひまり》の爆笑《ばくしょう》が響《ひび》いた。

「ぷっはあ────っ⁉」

日葵《ひまり》の右手が、俺の背後を指さしていた。

まるで俺に指図しているかのようだ。俺はその指先を追って視線を背後に向けた。


──ヒュオオオオッと極寒《ごっかん》のオーラを放ちながら、榎本《えのもと》さんが立っていた。


俺は完全に固まった。

「…………」

「…………」

榎本《えのもと》さんはじと～～～っとした目で、俺を観察している。

それから肩《かた》の鞄《かばん》を掛《か》け直した。その拍子《ひょうし》に、薄手《うすで》のカーディガンに守られた大きなバストが微《かす》かに弾《はず》む。……俺の喉《のど》が、意思に反してごくりと鳴った。

榎本《えのもと》さんが俺に歩み寄った。

そして俺を上目遣《うわめづか》いに見ると、さらに胸を持ち上げるように寄せる。

「ふぅ～ん？」

「あ、あの、榎本《えのもと》さん……」

「榎本《えのもと》さん⁉　その無言の圧、怖《こわ》いんだけど‼」

「ふぅ〜〜〜ん？」

榎本《えのもと》さんはにこっと微笑《ほほえ》んだ。

最近はあまり見せない可愛《かわい》らしい笑顔《えがお》だった。状況《じょうきょう》も忘れてついドキッとした瞬間《しゅんかん》、その右手がナイフのようにギラリとした殺気を放つ。

「友だち矯正《きょうせい》チョップ」

「学校の真ん中でやっていい会話じゃないですねゴメンナサイっ⁉」

見事な一撃《いちげき》をわき腹に喰《く》らい、俺はダウンした。

さすが榎本《えのもと》さん、プロの試合に勝《まさ》るとも劣《おと》らない技《わざ》の精度。いつもの癖《くせ》でつい頭をガードしちゃう心理の裏を突《つ》く完璧《かんぺき》な一撃《いちげき》だ……。

榎本《えのもと》さんは「フンッ」と鼻を鳴らし、ツカツカとレンガ通路を行ってしまった。

俺は「うおぉぉ……」と呻《うめ》きながら、隣《となり》の日葵《ひまり》に手を伸《の》ばした。

「ひ、日葵《ひまり》。今のはヒドすぎ……」

しかし俺の手は無慈悲《むじひ》に叩《はた》かれる。

日葵《ひまり》はいかにも満たされたかのような眩《まばゆ》い表情で笑った。

「触《さわ》るなにゃん菌が感染《うつ》るだろーが♪」

「…………」

日葵《ひまり》さん、めっちゃ楽しそう。

いいんだけどね？　全部、俺の業《ごう》だから甘んじて受け入れるんだけどね？

そして一仕事終えた日葵《ひまり》が、満足げに下足場へと入っていってしまった。

俺がしくしく泣いていると、さらに背後から男子の声がした。

「ナハハ。愉快《ゆかい》なことになっておるなァ」

振《ふ》り返《かえ》ると、真木島《まきしま》が扇子《せんす》をパタパタしながら立っていた。それはもう嬉《うれ》しそうな顔で、俺の前にやってくる。

「夏休みの体験を経て、無事こちら側にきたようだな？　歓迎《かんげい》するぞ、にゃん一号？」

「やかましいよ！　元はと言えば、おまえの変な仕掛《しか》けのせいだろ！」

「おいおい。それは言いがかりというものであろう？　そもそも付け入れられる隙《すき》を作ったナツが悪いはずだ。実際、隠《かく》し事《ごと》はよくない。どんなにうまく立ち回ったとしてもいずれバレるし、それなら早めに対処してやろうという優《やさ》しさだよ」

「こいつ、絶対に楽しんでやがる……っ！」

真木島《まきしま》は肩《かた》をすくめた。

「これでもオレも困窮《こんきゅう》しておるのだよ。なにせ、あそこでリンちゃんが止めに入ることは想定になかった。まったく、あの甘《あま》ちゃんには苦労するよ」

「いや、おまえが余計なことしなければいいだけでは？」

そして俺の訴《うった》えを当然のようにスルーして、真木島《まきしま》は続ける。

「しかし真の強者とは、己《おのれ》の現状に嘆《なげ》き続けるものではない。この状況《じょうきょう》を利用する手段を模索《もさく》するものだ」

「おまえの一人語りは聞いてないんだが……」

「ということで、ナツよ。女子どもから虐《しいた》げられて、さぞ難儀《なんぎ》しておることだろう？　ここはチャラ男歴の先輩《せんぱい》として、手助けしてやってもよいぞ？」

真木島《まきしま》がニコッと微笑《ほほえ》んで手を差《さ》し伸《の》べてくる。

「ナハハ。この程度の修羅場《しゅらば》、オレが華麗《かれい》に片付けてやろう」

「………」

やけに生命線が長い、真木島《まきしま》の手のひらを見つめた。

俺は深くため息をつく。フッと微笑《ほほえ》むと、真木島《まきしま》の手に自分の手を重ねる。

そしてペシッと叩《たた》いた。

「おまえとはもう仲よくしない」

「………」

真木島《まきしま》のこめかみに、ぴくぴくと青筋が立った。薄《うす》っぺらい笑顔《えがお》を張り付けて、俺に向かって扇子《せんす》の先を向ける。その奥の目が笑っていなかった。

「大人しく従っていれば、優《やさ》しくしてやろうと思ったのだが。――その言葉、後悔《こうかい》するなよ？」

その後ろ姿を見送って、俺はうんざりしながら呟《つぶや》いた。

「あいつ、何を意固地になってんのかマジでわからん……」

♣♣♣

朝一の数学の授業。

もうこの響《ひび》きだけで今日の星座占《うらな》い最下位みたいなところもあるが、今朝に限ってはさらに陰鬱《いんうつ》なことが俺に起こっていた。

数学の頭脳派ゴリラこと、笹木《ささき》先生が黒板に力強くチョークを走らせる。

「えー。実数(x)・(y)を解け的な問題は、数学をやる上では一生ついて回るやつだ。今回、おまえらに教える部分もまた……」

カカカッと美しい文字でsin・cos系の数式を描《か》いていく。

なんて達筆。てか、マジで字が綺麗《きれい》だなあ。テレビとかで紹介《しょうかい》される美人書道家みたいな字を書く人だ。正直、全然似合わない。

「ここではまず、複素数というものを理解すること。重要なのは、計算式の『解き方』ではなく、その『構造』こそを理解しなければ意味はないということだ」

そして要点の伝え方が巧《うま》いので、何気に生徒の人気も高い。

笹木《ささき》先生がカカカカッと流麗《りゅうれい》な文字で『複素数』という文字を刻んだ。もし笹木《ささき》先生が古文とかの先生で、授業中にこんな字を書いてたらうっかり惚《ほ》れてしまいそう。

「『解き方』ではなく『構造』を理解するべき理由。それは『丸暗記』では結局は脳に定着しない。つまり理数系科目にこそ、文系科目の解読力が問われるということで……」

俺が真面目に授業を受けていると、なぜか机に折りたたまれたノートの切《き》れ端《はし》が転がってきた。

……誰《だれ》のものかわかっているが、とりあえず開いてみる。独特の丸みのある文字でメッセージが書かれていた。

『にゃんピッピせんぱ～い☆　あの三角形のトンガリ、猫耳《ねこみみ》カチューシャみたいだね～?』

隣《となり》を見ると、日葵《ひまり》が素知らぬ顔で授業を聞いている。

さすがに温厚《おんこう》で知られたにゃんピッピ先輩《せんぱい》も、授業中の悪戯《いたずら》にはもの申す所存だ。メモ帳で返すのもまどろっこしく、俺はスマホのラインで返信した。

『おまえ授業聞けし』

相変らず3秒で既《き》読《どく》がつく。こいつ俺に怒《おこ》ってるんじゃなかったの?　マジでスタンス統一してほしい。

日葵《ひまり》からの返信。

『アタシ授業完璧《かんぺき》だし。悠《ゆう》宇こそちゃんと聞けし』

『じゃあ邪魔《じゃま》すんのやめてくれませんかねえ』

『え？　アタシ何かした？』

『白々しい。真木島《まきしま》と同じこと言ってんじゃねえぞ……』

『そうやって突《つ》っかかってくるところ、アタシに構ってほしすぎかー？（ニコニコ）』

おい、でかいブーメラン刺《さ》さってんぞ。

でも言わないけど。これ言っちゃったら、余計に面倒《めんどう》くさくなるのは了承《りょうしょう》済みだ。

『なあ、許してくれよ』

『許す許さんって問題じゃなくない？』

『じゃあ何なの？』

『カレシが他の女の前でデレデレ猫《ねこ》ちゃんになってる動画を見せられた気持ちを100字以内で答えよ。（配点5点）』

『配点、低っく』

『こんくらいが妥当《だとう》』

俺の人生が安すぎる。下手したらスルー確定じゃん……。

えーっと……と、俺は指折りで文字数を数えながら打っていく。

『こんな一面もあるんだって思い、もっと好きになりました。(合格100点)』

『0点に決まってんじゃん。これが東大模試なら入学願書シュレッダーで刻むレベル』

『おいマジか』

『え？　なんでちょっとガチなリアクションしてんの？　悠宇《ゆう》、ほんとパリピになっちゃったの？』

『じょ、冗談《じょうだん》に決まってんじゃん』

マジで冗談《じょうだん》。冗談《じょうだん》だから……。

いや当たり前だけど、前向きな回答ではないらしい。えーっと、普通《ふつう》に考えたら『カレシのデレデレ顔に失望しました』とか『明日からどんな顔で話せばいいかわからん』だよな。

でも日葵《ひまり》のことだし、素直《すなお》に書いて正解になるとは思えないし……あ、そうだ。

『自分より先に他の女とにゃんにゃんプレイして悔《くや》しい……とか？』

『…………』

あれ？

返事、止まったんだが？

『おい？　これも冗談《じょうだん》だよ？　もしかしてマジなの？』

『はい悠宇《ゆう》、失格。人生に失格』

『ちょーっ⁉』

日葵《ひまり》さん？

なんでこっちに顔を背《そむ》けて恥《は》ずかしそうに「あっちゃあ……」みたいなリアクションしてんの？　いつものぷっはー誘《さそ》い受けの構えだよな？

耳まで赤くなってる日葵《ひまり》に、俺は解決の糸口を見つけた。

『日葵《ひまり》さん。ご相談が』

『何だし？』

『日葵《ひまり》さんがご所望《しょもう》なら、俺はいくらでも正義のにゃんピッピになりましょう』

『……………』

『なので、機嫌《きげん》を直してくださいませんか？』

『……………』

日葵《ひまり》がじとーっとした目で俺を見る。

冷静に考えると俺も自分で何を言ってんのって感じだけど、たぶん日葵《ひまり》だしこれで正解のはず。なんたって俺の部屋には日葵検定国際名誉会員《ひまりけんていこくさいめいよかいいん》の賞状とか飾《かざ》ってるし。……いや、その組織意味わかんねえよ。

とか思ってると返信があった。

『いいよ』

『マジっすか』

やった！　とうとうこの修羅場《しゅらば》も終わり！

……しかし俺が喜んだのも束《つか》の間《ま》、新たなメッセージが出現する。

『ただし、今ここでにゃんにゃんして？』

……っ⁉

ぶふうっと噴《ふ》き出《だ》した。板書していた笹木《ささき》先生が「ああん？」って感じで振《ふ》り返《かえ》ったので、素知らぬ顔を装《よそお》った。

授業が再開してから、俺はスマホに目を落とした。

『いやいやいやいや日葵《ひまり》さん』

『いやいやいやいや悠宇《ゆう》くん』

『嘘《うそ》やろ？』

『やれ』

『あ、このライン上で、だろ？』

『や・れ（にっこり）』

マジかよ……。

日葵《ひまり》は怖《こわ》い笑顔《えがお》を浮《う》かべ、口パクで「やーれ、やーれ」と合いの手を打っている。

おまえ、明らかに今の図星突《つ》かれた意趣《いしゅ》返しあんだろ。さっきの事故は俺のせいじゃなくて、おまえのチョロイン属性を呪《のろ》ってくれよ……。

(言ってても始まらない。日葵《ひまり》は言い出すと聞かないし……)

クラスメイトたちは、それぞれのスタンスで授業に臨《のぞ》んでいる。あるものは真面目に笹木《ささき》先生の説明に耳を傾《かたむ》け、あるものはノートに書き写すので一杯一杯《いっぱいいっぱい》であり、あるものは色んなものに目を背《そむ》けて机に突《つ》っ伏《ぶ》している。だが少なくとも、ここでにゃんにゃんプレイを聞《き》き逃《のが》してくれそうな人は一人もいない。

……ここで？

にゃんにゃんするの？　マジで？？？

幸運にも、俺の席は窓際《まどぎわ》の一番後ろ。

つまり現状、俺に目を向ける人間はいない。とりあえず俺は、無言で両手を猫《ねこ》のポーズにしてみる。そしてくるくる回しながら日葵《ひまり》にアピールする。

果たして日葵《ひまり》の判定は――!?

『んふふー。悠宇《ゆう》の声が聞こえないなー？』

知ってたよ。

いや知ってたけどね？　正直これだけでも吐《は》きそうなくらいドキドキしてんのに、さすがに俺が可哀想《かわいそう》じゃないか？

でも、やるしかねえ。

どうにか声を出しながら、ここでにゃんにゃんするしかない。そのために必要なことはわかっている。

――観察だ。

俺は東京旅行、天馬《てんま》くんたちの個展で技術を学んだ。メンバーの一人である早苗《さなえ》さんは人間観察の能力に長《た》けていて、その場で自分のアクセへ興味が強い顧客《こきゃく》を見分けて販売《はんばい》実績を積んでいたのだ。

その販売《はんばい》方法を、俺も少しだけ盗《ぬす》んだ。あのときは一回しか成功しなかったけど――今ここで、俺は早苗《さなえ》さんの技術を自分のものに昇華《しょうか》させる。

（俺の花たちよ、俺に力と勇気を分けてくれ！）

じ～……とクラスを確認《かくにん》する。

するとわかってきたことがある。笹木《ささき》先生は一定のタイミングで大きな咳払《せきばら》いをする。その瞬間《しゅんかん》なら、小さな声を出しても気づかれないはずだ。

狙《ねら》うべくは、笹木《ささき》先生が板書を終える瞬間《しゅんかん》。数式を書き終わると、チョークの先端《せんたん》で黒板を二回叩《たた》き、同時に咳払《せきばら》いをする。

まさか本当に気づけるなんて。俺、実はすごいやつかもしれない。

（後はタイミングを計って実行するだけだ。――イケる！）

ちょうど笹木《ささき》先生が、応用問題らしき数式を描いていく。カカカカッと流麗《りゅうれい》な文字で三角形の三辺の角度が記されていった。

集中する……。

精神が研《と》ぎ澄《す》まされていき、どんどん尖《とが》っていく感覚。周囲の音が遠ざかり、この世界に一人しかいないような錯覚《さっかく》すらある。

瞬《まばた》きすら惜《お》しむ目が、じっと笹木《ささき》先生の挙動を追った。その他のクラスメイトたちが真っ白く塗《ぬ》りつぶされていくようであった。

イケる。そんな確信が、胸に火を灯《とも》す。

まだ。

まだだ。

もうちょい……。

……きた！

笹木《ささき》先生が数式を書き終わった瞬間《しゅんかん》、俺は両手で猫《ねこ》の構えを取る。そしてチョークの先端《せんたん》が黒板を叩《たた》くタイミングで、大きな咳《せき》ばらいをするために息を吸った。

（ここだっ‼）

俺は両手をくるくる回しながら「にゃんにゃん」と呟《つぶや》いた。

結果——成功した！

笹木《ささき》先生の大きな咳払《せきばら》いと力強いチョークの音に紛《まぎ》れ、俺の蚊《か》の鳴くような声は周囲に聞こえなかった。よし、と俺はほくそ笑《え》んだ。

ほくそ笑《え》んだと同時に、心臓がきゅっと締《し》まるような気分で固まった。

なぜか笹木《ささき》先生が、俺をガン見していた。

咳払《せきばら》いと同時に「じゃあ、この問題を――」と振《ふ》り返《かえ》った先生が、見事に俺を視界に収めていたのだ。

「…………」

「…………」

沈黙《ちんもく》。

深海の如《ごと》く重い沈黙《ちんもく》。

笹木《ささき》先生は大きなため息をつくと、無言で俺を指さした。

そして親指で黒板をさして「この数式を解け」と圧を掛《か》けてくる。その鋭《するど》い眼光たるや「解けなかったらわかってんだろうな？」という殺意がビシビシと伝わってきた。……先生。それ生徒に向けちゃダメなやつでは？

俺はさりげなく隣《となり》に目配せし——教科書で顔を隠《かく》してブルブル肩《かた》を震《ふる》わせる日葵《ひまり》は使い物になんねえなあと悟《さと》った。

俺はふうっと息をついて、覚悟《かくご》を完了《かんりょう》した。

「……すみません。聞いてませんでした」

笹木《ささき》先生はにこっと微笑《ほほえ》んだ。めっちゃ優《やさ》しそうなんだけど、こめかみにくっきりと青筋が浮《う》かんでいる。

「にゃん太郎《たろう》。昼休み、指導室こいな?」

「……ッス」

他のクラスメイトたちが「にゃん太郎《たろう》?」「何があったの?」と不思議そうにする中、俺は脳内で反省会を繰《く》り広《ひろ》げて敗因に思いを馳《は》せた。

東京では、俺のアクセの花が俺を応援《おうえん》してくれた。その要領で今回もイケると思ったんだけど、一つだけ致命《ちめい》的なミスがあった。……そういえば、ここ俺の味方の花いなかったわ。

♣♣♣

昼休みの指導室。

俺は笹木《ささき》先生の前でしくしく泣いていた。これは笹木《ささき》先生に怒《おこ》られたせいじゃない。自分の愚《おろ》かさを噛《か》みしめてるだけ……。

「で？　おれの授業で何やってたんだ？」

「えっと。……何だったんでしょうか。俺もよくわかんないです」

冷静になると、マジで何やってたんだろうなあ……？

正直、気の迷いとしか思えない愚行《ぐこう》を人生に刻み、俺は人生に絶望していた。その様子に笹《ささ》木《き》先生も気の毒になっちゃったらしく、それ以上は叱《しか》らなかった。優《やさ》しい……。

「夏目《なつめ》。おまえ目立たねえけど、真面目なやつだと思ってたのになあ……」

「すみませんでした……」

こってり叱《しか》られた後、俺はお説教から解放された。

笹木《ささき》先生が窓を開けた。温《ぬる》い風が吹《ふ》き込んで、やや室温を上げる。

「そういえば夏目《なつめ》。おまえ、文化祭でアクセ関連のことをしたいんだってな？」

「あ、はい……」

そういえば申請書だけは、とりあえず出していたのだ。

「今年は展示じゃなくて、販売会《はんばいかい》をしたいと思ってます」

「まあ、そうなるか……」

「やっぱ、ダメですかね。一応、中学のときは『収益はボランティア団体に寄付』って建前にしてたんですけど……」

「そうだなあ。確かに学校行事でやる以上、生徒の個人的な販売活動《はんばい》はダメだ。やるとしたら、同じように公的な名目が必要になるだろう。おまえは金儲《かねもう》けがしたいのか？」

金儲《かねもう》け……。

ストレートな言葉だが、これなら誤解がなくて助かる。

「いいえ。金銭的な利益よりも将来に向けた経験を積みたいと思ってるんですけど……」

「それなら俺は反対せん。他の部活の出店だって同じ条件だからな。学校行事は人間的な成長を促《うなが》すことを目的とするし、おまえの販売会《はんばいかい》自体を禁止するつもりはないが……」

笹木《ささき》先生は真剣《しんけん》な顔で聞いてくれていた。

うちの顧問《こもん》でもないのに、俺たちのことまで考えてくれている。改めて気の回る先生だなあと思っていると、笹木《ささき》先生は肩《かた》をすくめた。

「ま、どっちにしてもトラブルだけは勘弁《かんべん》だぞ」

「わかりました」

文化祭まで、あと二か月弱。

日葵《ひまり》の件も大事だけど、俺の〝you〟としての活動も真剣《しんけん》に取り組まなきゃいけない。何より今回は、去年までと違《ちが》って明確な目標もある。

文化祭は天馬《てんま》くんたちの個展で学んだこと……設営や営業などを試《ため》すのにもってこいだ。普《ふ》段《だん》のアクセ販売《はんばい》が通販《つうはん》メインである以上、ここは絶対に押さえておきたい。

こんなに早く東京旅行の成果を試《ため》すチャンスがくるとは思わなかった。知らず高鳴る胸に、俺はきたる文化祭へと思いを馳《は》せる。

……そのときの俺は、何も疑うことなく希望を抱《いだ》いていた。

◇◇◇

昼休み。

アタシは科学室には行かず、他のクラスでお昼ご飯を食べていた。女の子たちと机を囲み、女子トークに花を咲《さ》かせる。

「それでさー、商店街に新しくできたパスタ屋さん、めっちゃ美味《おい》しいんだよー。海外で修《しゅ》業《ぎょう》してきたシェフが開いたお店らしくてさー。ちょっとお高いんだけど、いつもお客さん入ってるしオススメだなー」

一緒《いっしょ》にお昼していた女の子のうち、二人が「へぇー」とうなずいた。

一人が眼鏡ちゃん。吹奏楽部《すいそうがく》の二年生で、同学年のまとめ役らしい。印象としてはノリのいい姉御肌《あねごはだ》って感じかな。下ネタトークが好きで、そういうところでアタシと気が合うよ。

もう一人が三つ編みちゃん。同じく吹奏楽部《すいそうがく》の二年生。お祖母《ばあ》ちゃん子で無類の時代劇ファン。ぱっと見では大人しそうな子なんだけど、一人称《いちにんしょう》が「拙者《せっしゃ》」っていう爆裂《ばくれつ》キャラ立ち女子ね。

眼鏡ちゃんのほうが「うーん」と唸《うな》った。

「でも商店街のほう、あんまり行く用事ないからなあ」

「それは確かに問題だよねー。半分くらいお店、閉まっちゃってるし。お兄ちゃんも過疎化《かそか》対策には頭を悩《なや》ませてるっぽいからなー」

アタシの座っている椅子《いす》が、もぞもぞ動いた。

気にせずに話を続ける。お弁当のだし巻き玉子を食べると、お出汁《だし》のいい味が染《し》み出してくるね……。

「アタシもお祭りのときは行くけど、普段《ふだん》はイオンのほうが行きやすいからさー」

「それだよねえ。結局、立地が奥まってるのがよくない」

「東西が山に塞《ふさ》がれちゃってるからなー。てか最初に、山のふもとに商店街作ったからしょうがないんだけどさー」

「犬塚《いぬづか》さん。あそこ大きい神社があるから、そこ中心に町が広がっていったのかな？」

「どうだろなー。そういう成り行きって言われれば、確かに納得《なっとく》できるけど……」

アタシの座っている椅子《いす》が、抗議《こうぎ》するようにもぞもぞ動いた。

対面の二人も気にせずに、さらに話を続けていく。

「そういえば、10号線のほうに何かできてるよね？」

「あっ。あの更地《さらち》にしてたとこ？」

「うん。パチンコ屋さんの跡地《あとち》。何か造るのかな？　犬塚《いぬづか》さん、知ってる？」

「あれ、ユニクロの店舗《てんぽ》できるらしいよー」

二人が目を丸くした。

「へえ。それいいねえ」

「でもユニクロだけだと広すぎない？　他は駐車場《ちゅうしゃじょう》？」

「お兄ちゃんが言うには、他にもスタバとか辛麺《からめん》屋さんとかの外観統一した店舗《てんぽ》建てて、お洒落《しゃれ》な集合施設《しせつ》っぽいのができるんだってさー」

「都会じゃん！」

「拙者たちの町に都会ができる！」

三人で「楽しみだねー」「だねー」とキャーッと盛り上がっていると、アタシの座っている椅子《いす》がもぞもぞと動いた。

さすがにアタシも抗議《こうぎ》した。

「もーっ。えのっち、動かないでよーっ」

アタシを膝《ひざ》にのせたえのっちが、じとーっとした顔で言った。

「……ひーちゃん。なんでわたしの膝《ひざ》の上でご飯食べてるの？」

アタシは待ってましたとばかりに、どや顔で答えた。

「それはもちろん、えのっちとラブラブするためだよー。四人だと机狭《せま》いし、アタシが膝《ひざ》に座ればば解決だよね！」

「…………」

もぎゃあああ……っ！

えのっち、えのっち！　無言でアタシの二《に》の腕《うで》をつまむのダメ！　アタシの自慢《じまん》のお肌《はだ》に消えない傷が残っちゃうーっ！

——ハッ。待てよ？？？

「えのっちにキズモノにされるなら、それもいいかも……♡」

「……ひーちゃん。キモチワルイ」

いやんっ。

まったく嘘偽《うそいつわ》りない本気の罵倒《ばとう》が心に刺《さ》さるね。やっぱりえのっちはこうでなくっちゃ☆

「わたし、ご飯食べれないんだけど……」

「あ、それなら早く言ってよー。アタシが食べさせてあげるね」

えのっちのお弁当箱から、プチトマトをお箸《はし》で拾い上げた。

あーん、と口元に近づける。えのっちが心底、面倒《めんどう》くさそうに手で遮《さえぎ》った。

「ひーちゃん。自分で食べ……あっ」

手が触《ふ》れた拍子《ひょうし》に、プチトマトがつるんっとお箸《はし》から逃《に》げた。

それはおむすびころりんよろしく転がって……えのっちの胸の谷間にすとんとインする。まるでプロゴルファーの達人級パターのようだった。

あっ……と微妙《びみょう》な静寂《せいじゃく》が下りる。

アタシはポッと頰《ほお》を染めて、恥《は》ずかしそうに口元を隠《かく》した。

「……えのっち。それはさすがにエロすぎませんかね？」

「ひーちゃんのせいでしょ～～～～……っ！」

もぎゃあああああああああああああああああ……っ⁉

ガチめにアイアンクロー喰《く》らわされて、アタシの汚《きたな》い悲鳴が響《ひび》き渡《わた》った。ついでに男子の視線は、えのっちフレンズが二人で華麗《かれい》にカバーしていた。

えのっちは憮然《ぶぜん》としながら、プチトマトを拾ってお弁当の蓋《ふた》の上に置く。なんか仕草がナチュラルにエッチだなこの子……。

「後で洗って食べる」

「あ、じゃあアタシが……」

ひいっ。

冗談《じょうだん》だよ、さすがに冗談《じょうだん》。いくらアタシでも、美少女の胸の谷間に挟《はさ》まったプチトマト食べたいなんて変態発言しませんよプハハハハ。……だからそんな殺しそうな目を向けるのやめてね？

「ひーちゃん。さっさとゆーくんのこと許してあげなよ」

「イヤですぅー。今回ばかりは、さすがのアタシも簡単にゃ許さないってもんですよ。あんな緩《ゆる》み切ったにゃんにゃんフェイスを見せられちゃ、百年の恋《こい》も冷めちゃうね！」

えのっちフレンズが、にやにやしながらうなずき合っている。

「いやあ、夏目《なつめ》氏もやりますなあ」

「あんな虫も殺さん顔して、この巨乳《きよにゆう》美女としっぽりホテルデートとはねぇ」

「てか、話聞く限り修羅場《しゆらば》なんだけど。なんで犬塚《いぬづか》さん、凛音《りおん》と普通《ふつう》にご飯食べてるの？」

「あ、それ拙者《せつしや》も思った。愛人とイチャついてるのおかしくない？」

えのっちが小さな声で「愛人じゃなくて友だち……」とツッコんだけど、フレンズはまったく聞いてない。

アタシはフッと微笑《ほほえ》むと、えのっちの膝《ひざ》の上で器用に回転する。えのっちと向かい合いになると、その首に両腕《りよううで》を回してウフフと笑う。あの映画とかでよく見る、男をたぶらかす悪女のポーズ。

「そりゃ最初はね？　アタシも怒《いか》り狂《くる》ったもんですよ。でも考え直したの。悪いのはあの腐《くさ》れにゃん野郎《やろう》であって、えのっちじゃないよね？」

「ひーちゃん。どいて」

「アタシたちは同じ男に弄《もてあそ》ばれた、同じ疵《きず》を抱《かか》えるもの。いわば同志ってやつですよ。この世界中で、アタシたちはお互《たが》い以上に理解《わかり》合っている存在はいない」

「ひーちゃん。邪魔《じゃま》」

んふふー。まったく、えのっちはツレないなー。

でもね、アタシはわかってる。えのっちのこの態度は、自分を守るために必死で取《と》り繕《つくろ》ったもの。いわば武装ってやつ。それは同時に、えのっちが傷つきやすいピュアな女の子であるという裏返し。

だから、アタシはえのっちに手をさしのべ続ける。雨の日、手を咬《か》まれても捨て犬を抱《だ》き上《あ》げるあんな感じ。

えのっちも、アタシの言葉に胸を打たれてる。

さっきまでのツンツン顔が鳴りを潜《ひそ》めて、潤《うる》んだ瞳《ひとみ》でアタシを見つめ返した。

(あ、これイケるな?)

アタシにキスを求める男子と同じ顔だ。

アタシの脳内法廷《ほうてい》に、ちっちゃい天使と悪魔《あくま》が召喚《しょうかん》された。

まずは可憐《かれん》な天使がビシッと手を上げる。

『女の子同士はイケないと思います！』

それに対して、ずるっこそうな悪魔《あくま》が気だるげに反論した。

『そういう偏見《へんけん》よくないよなー？　もっとグローバルな思考を取り入れようよー』

『学校ですよ！　いくらアタシが世界で一番可愛《かわい》く、えのっちが世界で二番目に可愛《かわい》いと言っても……』

『あー、ハイハイ。天使ちゃんは真面目だねー』

悪魔《あくま》ちゃんが立ち上がると、なぜか天使ちゃんに歩み寄った。

そしてどんぐりみたいに可愛《かわい》らしい顎《あご》に指をあてると、くいっと上向ける。悪魔《あくま》ちゃんがイケメン女子のスマイルを浮《う》かべて、フッと微笑《ほほえ》んだ。

天使ちゃんの耳元で、ニヒルな感じに囁《ささや》いた。

『じゃあアリかナシか——試《ため》しにアタシたちでやってみよっか？』

『ふ、ふぇぇぇぇぇ～……っ⁉』

真っ赤な顔の天使ちゃんが、悪魔《あくま》ちゃんに押し倒されて脳内法廷《ほうてい》は閉廷《へいてい》した。

アタシはくわっと目を見開く。

——よし、イケる！　アタシはえのっちの唇《くちびる》に指を添《そ》えると、甘い声音《こわね》で囁《ささや》いた。

「えのっち？　もう男じゃなくて女同士がいいよね？」

「ひーちゃん……」

えのっちの息も、心なしか熱い。

……いかん。ちょっとムラッとしてきた。

えーダメだよダメダメ。こんな場所でほんとにやっちゃうとか、さすがに痴女《ちじょ》じゃん。

でも、ま、いっか。ぶっちゃけアタシとえのっちならアリ寄りの大アリだし？　てか、普通《ふつう》に眼福じゃん？　いっそ絵画とかになっちゃってもおかしくないよね？　むしろ神々《こうごう》しすぎて世界中の人々が平和への心を取《と》り戻《もど》して温暖化とか止まっちゃうレベル。

アタシは勢いに乗って、えのっちの唇《くちびる》にアタシのそれを重ねた——。

ま、もちろん寸前でアイアンクローなんですけどねっ☆

アタシは「もぎゃあああああっ」と悲鳴を上げながら、えのっちの膝《ひざ》から引きずり下ろされる。

えのっちはガチギレ顔で、アタシの前に仁《に》王立《おうだ》ち。

「ひーちゃん。いい加減にして！」

「え〜んっ。えのっち、ツレないよ〜」

チッ。ダメだったか。

失敗したのでウソ泣きで誤魔化《ごまか》す。さりげなくえのっちのおっぱいにフェザータッチしようとしたけど、既《すんで》のところで叩《たた》き落《お》とされた。すごく痛い……。

アタシはぶーっと頬《ほお》を膨《ふく》らませながら、空っぽになったお弁当箱を手にした。えのっちにべーっと舌を出した。

「いいもんねー。えのっちが後悔《こうかい》しても、そのときアタシは別の女の腕《うで》の中だもんねーだ」

「……ひーちゃん。よくそれで優等生っぽく認識《にんしき》されてるよね」

アタシは本性《ほんしょう》見せる相手を選んでるだけ。つまりメリハリってやつですよ。むしろ、これがデキる女である証《あかし》だね。

お弁当箱をポーチに収めて、アタシは大きく伸《の》びをした。

「さーて。えのっちも言うし、そろそろ悠宇《ゆう》のこと許してやるかーっ。ちゃんとにゃんにゃんプレイもやったし」

「最初からそう言えば……え？　にゃんにゃん？」

「うん。許してほしければやれって言ったら、笹木《ささき》先生の数学でやった」

「それ大丈夫《だいじょうぶ》だったの？」

「んふふー。笹木《ささき》先生に見つかって、指導室に呼び出されてたよー」

「ひーちゃん……」

ぷはははは。

まあ、どんなことも禊《みそぎ》ってのは必要なわけ。気持ちを切《き》り替《か》えるためにはね。

「そろそろ文化祭の準備もしなきゃだし、今日の放課後はイオン行くんだー」

「ふーん……」

興味なさそうに午後ティーを飲みながら、えのっちがため息をつく。

「ゆーくんのこと、あんまりいじめちゃダメだよ」

「それは保証できないなー」

えのっちの「もう……」という声を背に、アタシは教室を出ていった。お弁当のポーチをブラブラしながら、ヨーグルッペをちゅーっと飲み干す。

ヤレヤレ。

悠宇《ゆう》はアタシがいないと何もできないからなー。ここはアタシが優《やさ》しく歩み寄ってあげることで、二人の絆《きずな》が保たれるってわけですよ。

(文化祭はアタシのことだけ考えなきゃ許してやんないからなー♪)

……と、そのときのアタシはのんびりと考えていたのだった。

# Ⅲ

## Turning Point. 〝接〟

放課後。

俺と日葵《ひまり》は、一緒《いっしょ》にイオンにやってきた。もちろん文化祭に向けたアクセ制作の予定を組むためだ。

今回はまだ花の種を植えていないし、それを最優先にしなければならない。ただし花のチョイスを行うためには、今回のアクセのテーマを決める必要がある。

というわけで、例によってインスピレーション探しだ。サーティワンアイスクリームでWコーンを注文し、テーブルで涼《りょう》を取る。ストロベリーチーズケーキ美味《おい》しい。

「インスピレーション……」

「あれ？　全然な感じ？　珍《めずら》しいじゃーん」

「うーん。秋の花だし、ちょい侘《わび》しさみたいなの意識したいよなあって……」

「漠然《ばくぜん》としてんねー」

そうなのだ。

四月からの主な新作……榎本《えのもと》さんのチューリップのヘアピン。学校の生徒たちに作ったオーダーメイドアクセ。紅葉《くれは》さんのヒマワリのティアラ。

最近はずっと向こうから課題がやってきてたから、久しぶりの『きみの自由に作っていいよコース』に脳が切り替《か》えられない。

改めて「きみの表現したいものは何だい？」と聞かれて、つい口ごもってしまう感覚……と言えばわかるだろうか。

アクセの販売会《はんばいかい》で対話力を磨《みが》きたいという目標はあるんだけど……その前にアクセが揃《そろ》わなきゃ意味がないな。

日葵《ひまり》が抹茶《まっちゃ》アイスを舐《な》めながら提案した。

「本屋でも行く？」

「あー。最近、そういう方向やってなかったもんな……」

何か流行《はや》りの本を読んで、インスピレーションを得る。

この春までは、よく使ってた手法だ。確かに原点回帰という意味ではいいかもしれない。

「よし、アイス食べたらいくか」

「んふふー。なんか久々にアタシたちの時間だなーって感じするよなー」

「まあ、確かにそうだな」

この穏《おだ》やかな時間も、よく考えたら久しぶりだ。

最近はずっと慌《あわ》ただしかった。ようやく俺たちの本来の時間が戻《もど》ってきた感じもする。

とか思っていると、日葵《ひまり》がいきなり俺の鼻をツンツンしてきた。

「んふふー。悠宇《ゆう》、文化祭はアタシのことだけ見とかなきゃダメだぞー♪」

「わ、わかってるって……」

今日一日かけて無事に機嫌《きげん》を取《と》り戻《もど》した日葵《ひまり》は、大層ご機嫌《きげん》な様子だった。

夏休みに比べて多少はテンションが落ち着いたけど、人前でやられるの恥《は》ずかしい。これをよしとしてた夏休みの俺、マジでどうなってんだ……。

（この穏《おだ》やかな時間を守るためにも、俺がしっかりしなきゃ）

そのためにも、今回の文化祭はしっかりレベルアップを見据《みす》えて――。

「『レベルアップを見据《みす》えて計画しよう』とか思っておるのだろう？」

「うわあっ！　びっくりしたあーっ⁉」

突然《とつぜん》、背後からチャラ男の声が湧《わ》いて出てきた。思わずアイスを落としそうになってしまい、しっかりとキャッチする。

声だけじゃなくて、真木島《まきしま》ご本人も「ナハハハ」と笑って肩《かた》を組んできた。その手には小倉トーストのフレーバーアイスが握《にぎ》られている。

「……真木島《まきしま》。おまえ、いつの間に？」

「人を妖怪《ようかい》みたいに言うな。オレたちは普通《ふつう》にアイスを注文しておったのに、二人の世界に浸《ひた》って気づかなかったのはそちらであろう？」

「やかましいよ。てか、何しにきたんだ？　おまえ部活だろ……」

「今日は練習器具の点検日でなァ。今、一年共が必死でやっておる。用件が終われば、すぐに練習に戻《もど》るよ」

「ああ、そうかい。……オレたち？」

引っかかりを覚えて聞き返したとき、テーブル席にもう一人が座った。

予想通りというか……榎本《えのもと》さんだ。そっちは俺と同じストロベリーチーズケーキのフレーバーアイスを持っていた。

「え、榎本《えのもと》さんもきたんだ？　吹奏楽《すいそうがく》部の練習は？」

「しーくんに無理やり連れてこられた」

いつもの不機嫌《ふきげん》そうなクールな顔でアイスを舐《な》める姿も様になってんなあ。

そんな的外れなことを考えていると、会話を邪魔《じゃま》されてご立腹そうな日葵《ひまり》が真木島《まきしま》にバチバチと殺気を放つ。

「んふふー。このクソ邪魔《じゃま》虫、自分が歓迎《かんげい》されてないことわかってないのかなー？」

「ナハハ。オレの人生、オレがどうしようと勝手であろう？　それに他人に迷惑《めいわく》をかけているという意味では、日葵《ひまり》ちゃんもさほど変わらないと思うが？」

バチバチバチ……。

こいつら、ほんと仲いいよなあ。俺がのんきにアイスを舐《な》めていると、真木島《まきしま》がぐるんっとこっちに視線を戻《もど》した。

非常にわざとらしい笑《え》みで隣《となり》の椅子《いす》に座る。

「ナツよ。文化祭で販売《はんばい》するアクセのインスピレーションで困っておるらしいなァ？」

「これから決めていくから、困ってるってほどじゃないけど……」

「なるほど、なるほど。そんなに困っておるのか。それは大変だなァ？」

「こいつ、マジで人の話を聞いちゃいねえ……」

このパターン……おそらくは余計な策略を巡《めぐ》らせているに違《ちが》いない。今朝も何か言ってたし。

となれば、また面倒《めんどう》な提案をしてくる可能性が高い。

断固、阻止《そし》。せっかくの平穏《へいおん》を乱されてたまるか。

「それじゃ、俺たちは本屋に……」

「ほほぉ～？　もしやリンちゃんを置いていく気かァ？　この状況《じょうきょう》でそれが言えるとは、なかなかの冷血漢だなァ？」

「いや榎本《えのもと》さん、おまえと用事あったんだろ……」

　校外でクラスメイトと会ったとき、ちょっと気まずかったりするよね。その心理を利用した俺の至極《しごく》まっとうな意見に、しかし真木島《まきしま》は論外だとばかりに首を振《ふ》った。

「そんなラブコメのように普段《ふだん》からイチャつく幼馴染《おさななじみ》がいてたまるか」

「いや、世の中にはいるかもしれないじゃん……」

「少なくとも、うちの幼馴染《おさななじみ》との関係はドライなのだよ。ここにくるまで、いったい何度グチグチと文句を言われたものか」

「じゃあ、なんで榎本《えのもと》さん連れてきたわけ……？」

　当の榎本《えのもと》さんは、日葵《ひまり》と何か話している。

　えーっと、何々……「ゆーくん、しーくんと話してるとき楽しそうだよね」「え、実はそっち系？」「……あり得る」って何でやねん。そういう風評被害《ひがい》、絶対に学校とかで言わないでほしい。

「おい真木島《まきしま》。言いたいことあるならはっきり言ってくれよ」

「……そうだな。オレも部活の練習に戻《もど》らなきゃならんし、手短に済ませよう」

　真木島《まきしま》はフレーバーアイスを舐《な》めながら、扇子《せんす》を広げてパタパタ扇《あお》いだ。

　そしてじろっと、俺たち三人を見回した。

「貴様ら、しれっとお互《たが》いに距離《きょり》を取っておらんか？」

　——ギクゥッと、俺たちが同時に反応した。

そして沈黙《ちんもく》。自然と俺たちは視線を逸《そ》らした。

「いや、別にそういうわけじゃ……」

「そ、そうだよ。今日だって、えのっちとランチしたし？」

「しーくん。変なこと言わないで」

真木島《まきしま》がへっと笑った。

「誤魔化《ごまか》しても無駄《むだ》だ。ナツと日葵《ひまり》ちゃん、なぜ文化祭のアクセ制作を始めるのにリンちゃんを誘《さそ》わん？　夏休みまで、あんなに三人でべったりしておったではないか？」

「榎本《えのもと》さんは吹奏楽《すいそうがく》部の練習あるし……」

「リンちゃんにとって吹奏楽《すいそうがく》部は片手間だと知っておるはずだが？」

「えっと……」

俺が口ごもると、真木島《まきしま》は視線を移した。

「リンちゃん。なぜナツたちについていかんのだ？　今更《いまさら》『誘《さそ》われなかったから』などと殊勝《しゅしょう》なことを言うキャラではないことはバレておるぞ？」

「……別に。わたしは普通《ふつう》の友だちだもん。いつも一緒《いっしょ》にいるわけないじゃん」

「昨日、あれだけ劇的に窮地を救っておいて、その理屈《りくつ》は通らんなァ」

真木島《まきしま》はカラカラと笑った。

俺たちは微妙《びみょう》な居心地《いごこち》の悪さを覚えながら言い返した。

「真木島《まきしま》。おまえ、何が言いたいわけ？」

「一緒《いつしよ》に文化祭に向けたアクセ制作に励《はげ》みたまえ、と言っておるのだ。一人だけ仲間外れは寂《さび》しかろう？　見ているほうも胸が締《し》め付《つ》けられるようだよ」

「そんなの当人の自由だろ」

「リンちゃん、そうなのか？」

榎本《えのもと》さんはうなずいた。

「わたし、文化祭は吹奏楽《すいそうがく》部のほうで出るから。そっちの友だちもいるし」

「ほう……」

真木島《まきしま》は小さくなったフレーバーアイスにかぶりつくと、コーンをカリカリ咀嚼《そしやく》しながら言った。

「文化祭での別行動は却下《きやつか》だ」

「はあ？　そんなの真木島《まきしま》に決められる筋合いはないだろ」

日葵《ひまり》たちに目配せすると、二人してウンウンとうなずいた。

これで三対一。多数決というわけじゃないけど、少なくともこの場では俺たちの意見は統一されている。それを真木島《まきしま》が一人で駄々《だだ》こねている構図というのは変わらないはずだ。

真木島《まきしま》は呆《あき》れたようにため息をつく。

その行動に、何か違和感《いわかん》を覚えた。いや、行動ではない。なんとなく、真木島《まきしま》の雰囲気《ふんいき》が変わった気がした。

さっきよりも鋭《するど》い眼差《まなざ》しで、俺たちをねめつける。パチンパチンと扇子《せんす》で手のひらを叩《たた》きながら、真木島《まきしま》は強い語気で言い放った。

「貴様ら。出資者に盾突《たてつ》くつもりか？」

「……は？　どゆこと？」

理解不能の俺たちに、ヤレヤレという感じで肩《かた》をすくめる。アイスのコーンの残りをひょいっと口の中に放り、やや不機嫌《ふきげん》そうに続けた。

「貴様らが一人も欠けることなく、無事に二学期を迎えられたのは誰のおかげだ？」

「いや、意味わかんないんだが。誰《だれ》のおかげっていうか……え？」

真木島《まきしま》が何かジェスチャーを始めた。

まずは両手で、書類の束をペラペラめくるような仕草……いや、これはアレだ。札束を数えるときの動作だ。うちのコンビニでバイトしてるとき、事務室で現金を扱《あつか》っている父さんと同じだ。

そして次に大きなバッグ（？）のようなものに、その札束を詰《つ》め込む動作。スムーズな動作で髪《かみ》をかき上げて、キランッと歯を輝《かがや》かせる。……これは雲雀《ひばり》さんを表してるのだろう。

さらに口元に手をあて、「オーホッホッホ」と高笑いをする動作。こういうイメージなのは、たぶん紅葉《くれは》さんだ。最後に、さっきの札束の詰《つ》まったバッグを投げるように両腕《りょううで》を大きくスローイング……あっ。

わかった。

何が言いたいのか、わかってしまった。

俺たちの脳裏《のうり》を過《よぎ》るのは、先の夏休み——紅葉《くれは》さんによって日葵《ひまり》が東京に連れていかれそうになったとき、真木島《まきしま》が機転を利《き》かせて用意してくれたお金のことだ。

『……』

俺たち三人が絶句していると、真木島《まきしま》は勝《か》ち誇《ほこ》った表情で扇子《せんす》を広げた。

「おやおやァ？　貴様ら、自分の高校生活が自分のものだと、いつから錯覚《さっかく》しておったのだ？」

「あ、いや、それは……」

『ナツと日葵《ひまり》ちゃん、そしてリンちゃんの高校生活を、オレがこの金で買うのだ』

すっかり忘れてた……わけじゃないけど。

真木島《まきしま》が何も言ってこないし、色々と慌《あわ》ただしかった。そのせいで意識の外にあったのは事実だ。日葵《ひまり》や榎本《えのもと》さんも同じように戸惑《とまど》っている。

「まったく、本当に貴様らは肝心《かんじん》なところで温《ぬる》すぎる。その隙《すき》を紅葉《くれは》さんに付け入られたばかりではないか。少しは成長したまえ」

「いや、あのお金は雲雀《ひばり》さんが払《はら》ってくれたんじゃ……」

「あの完璧超人《かんぺきちょうじん》が、そんな生温《なまぬる》いことをすると思うのか？」

「うっ……」

しない。

あの人は、いつだって正々堂々だ。たとえ自分に不利益なことでも、ちゃんと受け入れる人間だ。

……そして、それは自分だけでなく、他人にも当てはまる。

つまり――。

「まったく、その返済のおかげで最近は金欠でなァ。新しいテニスシューズを買うのも一苦労だよ。ま、この程度のハンデで全国制覇《せいは》を成《な》し遂《と》げられんというなら、所詮《しょせん》はオレもその程度の男だということだがな」

「いやいやいやいや！　真木島《まきしま》、マジで言ってんのか⁉」

「オレはチャラいが嘘《うそ》はつかん。貴様らの高校生活を買った金は、毎月、小遣《こづか》いから地道に返済する取り決めだ。雲雀《ひばり》さんの身内を助ける金だということで、金利だけは０％で設定してもらったがな。将来、就職したときの初任給の使い道は決まったよ。ナハハ」

「それは俺たちの問題だ。真木島《まきしま》が背負うことじゃない！」

「オレは自分の意思で買ったのだ。そしてローンの権利を買い取るときは、キャッシュの一括《いっかつ》払《ばら》いが基本だぞ。ナツよ、そんな金があるのか？」

「うっ……」

ない。

俺たち〝you〟の活動資金をひっくり返しても……正直、全然足りないはずだ。そのことを真木島《まきしま》もわかっているし、だからこそ強気の姿勢を崩《くず》さない。

「安心したまえ、オレも鬼《おに》ではない。ナツたちの意思に背《そむ》くような無茶な命令……たとえば『アクセ制作をやめろ』みたいなものを押し通すつもりはない」

本来はそういうことも可能……そう、たとえば『日葵《ひまり》と別れて榎本《えのもと》さんと付き合え』というようなこともできると暗に匂《にお》わせる。

その真木島《まきしま》の提案に嫌《いや》な予感を覚えながら、俺たちは身構えて聞いた。

「今回、文化祭のアクセ制作には『3つの条件』を加える」

真木島《まきしま》は人差し指から順に、三本の指を立てていった。

「1つ、文化祭が終了《しゅうりょう》するまで、アクセ制作のときは三名が常に一緒に行動すること」

「2つ、アクセのモチーフは『榎本《えのもと》凛音《りおん》』であること。つまりリンちゃんのためのアクセだ」

「3つ、メンバーの意見が割れたときは、リンちゃんの意見を優先すること」

それを一息に言うと、最後に付け加える。

「もちろん、どうしても不可能という場合もある。家庭の事情や、学業などを優先させなければならないときだな。その際の例外は認める。あくまで『できる限り努めよ』という温度感でよい」

真木島《まきしま》は「話は以上だ」と告げると、テーブルから立ち上がる。

それに対して、榎本《えのもと》さんが言葉を投げた。

「しーくん。そういうやり方、らしくないね」

「…………」

どういうことなのか、俺にはわからなかった。

ただ真木島《まきしま》が一瞬《いっしゅん》、苛立《いらだ》たしげに舌打ちする。しかし次の瞬間《しゅんかん》には、普段《ふだん》通りの軽薄《けいはく》な笑《え》みを浮《う》かべた。

「リンちゃん。二度、オレの上手《うわて》を行ったからといって得意げだな。……だが、三度めはないぞ？」

扇子《せんす》を畳《たた》むと、それで俺の肩《かた》を叩《たた》いた。

「ナツよ。この話、貴様にとっても悪い話ではないはずだ」

「どういうことだよ？」

「貴様が大好きな『試練』だよ。これは将来の予行練習とでも思いたまえ。仮に〝you〟にスポンサーなどが付けば、これ以上の無理難題を押し付けられるのも日常茶飯事《にちじょうさはんじ》だ。社会とは、常に出資する者が最強だということはわかっておるだろう？」

「…………」

真木島《まきしま》はいつもの調子に戻《もど》ると「ではな？」と言って去っていった。

俺は突然《とつぜん》、襲《おそ》い掛《か》かる嵐《あらし》のような状況《じょうきょう》に、ただ呆然《ぼうぜん》としていた。日葵《ひまり》たちも同様で、戸惑《とまど》いの表情を隠《かく》せていない。

『出資する者が最強』

つい先日も、そのことは東京旅行で見せられた。

俺や榎本《えのもと》さんだけではない。

天馬《てんま》くんや早苗《さなえ》さん、あの無精《ぶしょう》ひげの『師匠《せんせい》』など。結局のところ……その全員の中心にいたのが誰《だれ》かと問われれば、間違《まちが》いなく『紅葉《くれは》さん』だ。

今回はその椅子《いす》に、真木島《まきしま》が座ったというだけ。

それが現実だし、俺も否定することはできない。完成された社会のルールに文句を言う暇《ひま》があれば、それを利用して自分が強い側に回る努力をするほうが健全だ。

それは、頭ではわかってる。

でも、こんな形で俺たちの存在の小ささを見せつけられたのは……。

少しだけ、悔《くや》しかった。

# Ⅳ

## 〝儚い恋〟

翌日の昼休み、俺たちは科学室に集合した。

俺と日葵《ひまり》と榎本《えのもと》さん。六人掛《が》けのテーブルに座ると、まずは俺が発言した。

「それでは、作戦会議を始めます」

日葵《ひまり》と榎本《えのもと》さんが「おーっ」と腕《うで》を上げて同調する。

もちろん議題は、真木島《まきしま》をどう始末するか……ではなく、文化祭のアクセ制作についてだ。

「昨日、帰るとき二人に言ったこと考えてきてくれた？」

「モチロンだよー」

まずは日葵《ひまり》だった。

ニコニコ顔で、どこからかフリップを取り出した。ほら、あのクイズ番組で回答を書く白いボード。こんなもんどっから持ってきたんだ……。

そこにサラサラと答えを書いていく。どや顔でそれをひっくり返すと、丸みのある文字でこう書かれていた。

『お兄ちゃんに頼《たの》んで山に埋《う》める☆』

だから真木島《まきしま》の始末について話し合ってるんじゃないんだよ。

しかも余白《よはく》に『準備するもの！』ってバーベキュー道具とか花火を書いてるの何なの。完全に初めてのワクワクキャンプの気分なんだけど……。

「却下《きやつか》だ、却下《きやつか》。榎本《えのもと》さん、お手本をお願いします」

「……わかった」

榎本《えのもと》さんが、日葵《ひまり》からフリップを受け取った。

あれ？　もしかして、今日ってずっとこの形式なの？　そういえば昨晩、テレビでクイズ番組やってたな……。

そして榎本《えのもと》さんは真剣《しんけん》な表情で考え込むと、サラサラと書き記していく。クールな表情ではあるが、自信ありげにそれをひっくり返した。

『しーくん家の自主練コートに罠《わな》を仕《し》掛《か》けて事故に見せかける』

「だから真木島《まきしま》の始末から離《はな》れよう？　ねえ、普《ふ》通《つう》の学校生活に戻《もど》ろう？」

誰《だれ》が痕跡《こんせき》を残さずにスマートにヤれるかなコンテストじゃないんだよ。

心が一致《いっち》団結してて嬉《うれ》しいけど、この達成感、こんなことで味わいたくなかった……。

「俺が頼《たの》んだの、『今回のテーマの本質とは何か』についてなんだけど……」

「悠宇《ゆう》、そんなこと言ってたっけー？」

「それガチのリアクションなんだよなあ……」

日葵《ひまり》さん、どんだけ真木島《まきしま》が目障りなんだよ……。

真木島《まきしま》の『3つの条件』によると、今回のテーマは『榎本凛音《えのもとりおん》』であること。つまり榎本《えのもと》さんをモチーフにしたアクセを作るということだ。それ自体は四月にも、チューリップのヘアピンを作ったときに同じことをした。

しかし俺が一晩考えた結果……今回のテーマは、四月のそれとはまったく別物だという結論に落ち着いた。

俺の話を聞いて、日葵《ひまり》が首を傾《かし》げる。

「チューリップのヘアピンのときと何が違《ちが》うの？」

「前回は『榎本《えのもと》さんに似合うアクセを作る』だった。対して、今回は『アクセで榎本《えのもと》さんという人間を表現しろ』って言ってるような気がするんだ」

日葵《ひまり》は「あ、つまりこういうこと？」と、いきなりテーブルに肘《ひじ》をついて、身体《からだ》を艶《なま》めかしい感じにくねらせる。そして上目遣《うわめづか》いに、甘い声を出した。

「ねぇ～、マスタァ～。カクテルでアタシを表現してみてよぉ～？」

「あー。確かにそんな感じだよなあ……」

その無駄に精度の高いモノマネ選手権はともかく、確かに方向性は合ってる気がする。

日葵《ひまり》が嫌《いや》そうに舌を出し、両手を上げて降参の意を示した。

「うえー。アタシ、そういうの苦手かもなー」

「まあ、日葵《ひまり》はそうかもな……」

どちらかと言えば、これは職人ではなく芸術家寄りの視点だ。

まるで金銀財宝の眠《ねむ》る洞窟《どうくつ》で「どれか一つだけ持ち帰ってよい」と言われるようなもの。明確な正解がないゆえに、その無数の回答のどれもが正解である。

日葵《ひまり》が手を挙げた。

「で、悠宇《ゆう》はほんとに条件を呑む気なの？　正直、アタシは今回の真木島《まきしま》くんのは言いがかりじゃんって思ってんだけど」

「この件について、雲雀《ひばり》さんは何て言ってた？」

日葵《ひまり》は肩《かた》をすくめた。

「とりあえず、あいつの言ってたことは全部ほんとっぽい。お兄ちゃんから借りたお金の返済計画書みたいなのも見せてくれた。ちゃんと契約書《けいやくしょ》まで用意してるあたり、あの二人っぽいよなーって」

しかし日葵《ひまり》はへっと笑った。

「でもお兄ちゃんは『慎司《しんじ》くんに悠宇《ゆう》くんたちの行動を縛《しば》る権利はない』とも言ってたよ」

「え？　そうなの？」

「屁理屈《へりくつ》っぽくなってくるんだけど、『結局は慎司《しんじ》くんが自由意志で金を借りただけ』ってことらしい。お金を借りたことと、それをどう使うかは別問題ってこと。もし本当にアタシたちに恩を着せたいなら、そのことを事前に了承《りようしよう》させるべきだって」

「でも真木島《まきしま》がやってくれなきゃ、日葵《ひまり》は紅葉《くれは》さんに連れていかれてたんだろ？」

「それを事前に了承《りようしよう》させる必要があるんだよ。アタシたちに『東京に行くか、オレの奴隷《どれい》になるか』って最初に選択《せんたく》させてない以上は、ただあいつがお金をばらまいて自己満足に浸《ひた》ってるだけだって」

「自己満足……」

さすが雲雀《ひばり》さん、容赦《ようしや》ない言い方だなあ……。

日葵《ひまり》はテーブルにぐでえっと伸《の》びると、面倒《めんどう》くさそうにため息をつく。

「実際、契約書《けいやくしよ》にはお金の借用の項目《こうもく》までしか書かれてなくて、アタシたちが云々《うんぬん》ってのは何も書いてなかった。だから、あいつの言うこと聞く必要ないんだよ？」

「そっか。なるほど……」

俺は今の話を頭の中で整理した。

・真木島《まきしま》は、俺たちを助けるために、雲雀《ひばり》さんから多額の金を借りた。
・夏休みの一件での借りを使って、今回の文化祭を通して何かを狙《ねら》っている。
・ただし雲雀《ひばり》さんによると、俺たちはそれに従う義理はない。

ちなみに日葵《ひまり》と……榎本《えのもと》さんも、どちらかといえば真木島《まきしま》の言葉に従う必要はないと考えているようだ。

となると、後は俺の判断になるわけだが……。

「でも助けられた以上は、真木島《まきしま》の言い分も無視できないと俺は思う」

真木島《まきしま》に言った通り、あの金は俺たちが背負うべきものだ。

真木島《まきしま》が自分で肩代わりしてくれたからといって、ラッキーなんて笑ってはいられない。

「もー。悠宇《ゆう》は甘《あま》ちゃんだなー」

「……そうだな。甘《あま》ちゃんだ。本当に甘《あま》ちゃんだったよ」

昨日の真木島《まきしま》の言葉は効いた。

今回、俺はあいつに完敗したと言っていい。

夏休みにも負けた。でもそれは相手が紅葉《くれは》さんという格上の相手だったから、それなりに折り合いもつけられた。これから追いつけばいいと、自分を奮起させる材料にもなった。

でも今回の相手は、俺たちと同い年の真木島《まきしま》だ。

あいつに言い負かされた……というか、完全にしてやられたことが異様に腹立たしく、胸をざわつかせる。

これは真木島《まきしま》にムカついてるんじゃない。……結局、自分は甘《あま》ちゃんでガキだったということをまざまざと見せつけられたのだ。

これがもし、将来的にクリエイターとして独り立ちした後だったら？

俺の油断で、それまで積み上げてきた〝you〟としてのブランドもすべて支配される可能性だってあり得るんだ。

たとえば店を持てば、それを手放さなきゃいけなくなるかもしれない。

たとえばクリエイターとして地位を築けば、その権利を奪《うば》い取《と》られて自由な創作活動ができなくなる可能性もある。

俺がクリエイターとして上を目指すことを考えている間に、真木島《まきしま》は全く別の視点から俺たちのすべてを手中に収めることができると証明した。隙《すき》を見せれば容赦《ようしゃ》なく喰《く》われるという社会のルールで打ちのめされたのだ。

そのことが悔《くや》しかった。

だから、だからこそ……。

あいつに一矢《いっし》報《むく》いたい。真木島《まきしま》がどんな思惑《おもわく》で今回の『3つの条件』を持ちかけたのかはわからないけど、それを超《こ》えて勝ちたい。

そう思うと、胸《むね》の奥が熱くなる。東京で天馬《てんま》くんたちに並びたいと強く願ったときと同じように、この先にまた進化の兆《きざ》しがあるような気がするんだ。

俺の結論は決まっていた。

「俺はやる。今回の真木島《まきしま》の裏の目的を制して、文化祭のアクセ販売会《はんばいかい》を成功させる」

「…………」

日葵《ひまり》がハアッとため息をついた。

「文化祭はアタシだけ見てるって約束したのになー」

「ゴメン。……てか、別にそこは問題ないだろ」

「そうなんだけどさー。アタシ、もっと悠宇《ゆう》とイチャイチャするつもりだったのにー」

「アクセ制作とか設営は前日までには終わるだろうし、ちゃんと当日は遊ぶ時間も取るつもりだけど」

日葵《ひまり》がムッとして身体《からだ》を起こした。

「悠宇《ゆう》はわかってない！　文化祭ってのは高校二年生的に一大イベントなんだよ！」

「え。そうなの……？」

「だって来年は受験生だし、学生という自由で責任問題に発展しづらい時期に学校内で好き勝手に遊べるのは最後ってこと！」

「言い方。おまえ、絶対に悪いことすんなよ？」

最後の思い出作りとか言えばいいじゃん。

そもそも俺のほうは受験勉強するかわかんないし、日葵《ひまり》は勉強は余裕《よゆう》だろ。とりあえず今年は大人しく清く文化祭を満喫《まんきつ》したいと思いますので、そちらのすり合わせのほうよろしくお願いします。

「ま、いいけどさー。じゃあ、とりあえずアクセのほうはどうすんの？」

「うーん。昨日と同じかな。モチーフは決まったし、あとは花を決めて……あ、でも、もうすぐ昼休み終わるな」

日葵《ひまり》と話していたら、いつの間にか榎本《えのもと》さんが教室に戻る準備を済ませていた。学校の鞄《かばん》を手に持って、ツンとした様子で言う。

「じゃ、また放課後ね」

「榎本《えのもと》さんは、それでいいの？」

「ゆーくんがしーくんの課題やるって言うなら、わたしはそれでいいし」

「そ、そっか。ありがとう」

榎本《えのもと》さんは「ん」と素っ気なく返事すると、科学室を出て行った。

残った俺と日葵《ひまり》は、なんとなく顔を見合わせる。と、なぜか日葵《ひまり》がじとーっとした顔で俺を責めるように言う。

「……悠宇《ゆう》さ。ほんとに東京でえのっちと何もなかったの？」

ぎくうっ！

ズイズイッと身体《からだ》を寄せてくる日葵《ひまり》を、待て待てと両手で遠ざける。

「な、何でそんなこと言うんだよ？」

「いやいやいや。明らかに様子がおかしいじゃん」

「ど、どこがですか？　普通《ふつう》だろ？」

「あんだけ好き好きオーラ全開だった美少女が塩対応に戻《もど》ってる以上に何か証拠《しょうこ》あるのかなー？　さっきだって、全然口利かなかったじゃん」

「俺と日葵《ひまり》が付き合い出したから、空気読んでくれてるだけだって……」

日葵《ひまり》が「えー？　そうかなー？」と一応、問《と》い詰《つ》めるのをやめた。

……塩対応な。うん、塩対応。

そう、榎本《えのもと》さんは空気を読んでくれているだけだ。俺が榎本《えのもと》さんと接するのを躊躇《ためら》っているのを察して、空気を読んでくれているだけ。

結局のところ、俺は何もしていない。ただそれを自覚したところで、だから何って感じでもある。

カノジョができた男は、できるだけ他の女子とは距離《きょり》を取るべし。

それがきっと、普通のことなんだ。

その日の放課後。

俺たち三人は、花のインスピレーションを求めて学校の外に出た。夏休み、紅葉《くれは》さんの課題をクリアするために町中に繰《く》り出《だ》したときを思い出す。

あのときよりも若干《じゃっかん》……マジで若干《じゃっかん》だけ日差しの和《やわ》らいだ残暑の夕刻、俺たちが選んだ場所は——。

♣♣♣

クレープ店『ティファニー』。

旧国道沿いにある、美味《おい》しいクレープが食べられるお店。

バラエティ豊かで、スイーツ系からおかず系まで揃《そろ》っている。たまに期間限定でたこ焼きとかも販売《はんばい》していて、イベントが絶えない店だ。店舗《てんぽ》前にある『恋愛《れんあい》おみくじ自販機《じはんき》』なるものが目印。以前、全国系のバラエティ番組でも紹介《しょうかい》されたらしい。

逆円錐形《えんすいけい》のクリーム山盛りクレープを頬張《ほおば》りながら、丸いテーブル席で日葵《ひまり》たちと向かい合った。チョコバナナ美味《おい》しい。

「じゃあ、榎本《えのもと》さんをモチーフにしたアクセの花を決めたいと思います」

「はーい」

日葵《ひまり》はツナ系のおかずクレープをもしゃもしゃ食べている。

「うん。頑張《がんば》る」

そして当の榎本《えのもと》さんは、なんとスイーツ系とおかず系のコンボだった。

いや美味《おい》しいから二つイケるってのはわかるんだけど、ここってけっこうボリュームあるし大丈夫《だいじょうぶ》かな……。

「榎本《えのもと》さん。それ二つとも食べられるの？」

「余裕《よゆう》」

即答《そくとう》だった。

さすが榎本《えのもと》さん、クレープを食べるときも豪快《ごうかい》だ。日葵《ひまり》の言うように塩対応気味だけど、それはそれでクールで可愛《かわい》い。

「榎本《えのもと》さんを表現しろということで、いくつか案を持ってきたんだけど……」

俺は授業中にまとめたノートを広げた。

榎本凛音《えのもとりおん》。

彼女をテーマに、いくつか花を絞《しぼ》ってみたのだ。

「まずチューリップ」

「んー。そりゃチューリップは年中あるから手に入れやすいけど、悠宇《ゆう》は前と同じでもいいの？」

そこを突《つ》かれると痛い。

以前、榎本《えのもと》さんに似合う花をテーマにしたとき、最終的に選んだ赤いチューリップ。そのチョイスが間違《まちが》っていたとは思わないけど、確かに真木島《まきしま》から「ナハハ。楽するなど許さんぞ」とか言われそうだ。

何より、テーマがちょっとズレる気もする。

チューリップのヘアピンのテーマは『初恋《はつこい》』だ。それは俺から見た榎本《えのもと》さんであって、榎本《えのもと》さんという人間を表現しているわけじゃない。

俺はチューリップに横線を引いた。

「次はコスモスだ」

コスモス。秋桜とも書く、秋の代表花の一つ。

可憐《かれん》で美しく、風に揺《ゆ》れる姿などは抒情《じょじょう》的だ。非常にポピュラーで、園芸店でも入手しやすい。色も豊富で、フラワーアレンジメントにも使いやすい。贈《おく》り物《もの》としてもベターだ。

榎本《えのもと》さんは美人さんだし、絶対に似合うと思うんだけど……とか思ってると、日葵《ひまり》が微妙《びみょう》な顔で榎本《えのもと》さんを見つめていた。

「可憐《かれん》な花かー……」

おい日葵《ひまり》。

言いたいことはわかるけど。榎本《えのもと》さんも「文句あるの？」って感じでムッとしてるのもわかるんだけど、両手に盛り盛りクレープ持ってたら説得力ないです……。

コスモスにも横線を引くと、日葵《ひまり》が笑いながら言った。

「いっそメロンの花とかいいんじゃないかなー」

「メロン？　果物の？」

榎本《えのもと》さんが説明を求めて俺に視線を向ける。

ちょうどクレープに口をつけようとしていた俺は、つい鼻先をクリームに突《つ》っ込んだ。そしてクリームを拭《ぬぐ》いながら視線を逸《そ》らす。

「……メロンの花言葉は、『裕福《ゆうふく》』『潤沢《じゅんたく》』『豊富』『多産』。つまり飽食《ほうしょく》をイメージさせるものなんだ」

実際、富の象徴《しょうちょう》だから嬉《うれ》しいものなんだけど……。

「………」

榎本《えのもと》さんはもくもくと食べていた両手のクレープを見ると――みるみる耳まで真っ赤に染まっていった。

思わず立ち上がって日葵《ひまり》に食ってかかる。

「ひいちゃああああああああん……っ！」

「ぷっはっはーっ。両手が塞《ふさ》がっていては得意のアイアンクローも打てまい！」

店に迷惑《めいわく》かけんなよマジで……。

テーブルを回り込んできて、日葵《ひまり》が俺に抱《だ》き着《つ》いた。

「ふっふっふー。アタシは二つ食べなくても、二種類の味を楽しめるもんねー。はい悠宇《ゆう》。あーん♪」

「ええ……」

俺のチョコバナナを寄越《よこ》せと仰《おっしゃ》りますか。

日葵《ひまり》が「あーん！」と首に回す腕《うで》に力を込《こ》める。俺は仕方なく、自分のクレープを日葵《ひまり》に食べさせた。あ、こいつクリームたくさん持っていきやがった……。

「いや、日葵《ひまり》。外ではやめろって……」

「んふふー。ほへへほやっへ」

「なんて？」

「それでもやってくれる悠宇《ゆう》、好きー♡」

ああそうかい。

俺は照れくさくて視線を逸《そ》らした先――。

ヒュオオオオッと極寒《ごっかん》の視線を向ける榎本《えのもと》さんと目が合う。これはもしや、「わたしもはよ」になるパターンでは？

「うっ……」

俺はドキッとして身構えていると、予想に反して榎本《えのもと》さんはツンと顔を逸《そ》らした。そしてもりもりとクレープを食べつくした。まるでブラックホールのようだ。……え、今のマジで食べきったの？　手品？

「わたしは自分のがあるからいい」

「あ、そうっすか……」

四月に再会したときと同じ温度感なだけなのに、最近とのギャップ差で風邪《かぜ》ひきそ……え？　もしかして今、考えてること読まれた？　それはそれで恥《は》ずかしすぎだな？

「えっと、次はナデシコとか？」

「お、いいねー」

日葵《ひまり》は好印象だった。

ナデシコ。

ハギやキキョウなどと一緒《いっしょ》に、秋の七草に数えられるポピュラーな花だ。紫《むらさき》っぽい鮮《あざ》やかな赤い花で、その独特の色合いから『撫子色《なでしこ》』という名称《めいしょう》まで存在する。また、大和撫子《やまとなでしこ》という言葉があるように、可憐《かれん》さの中にドキリとするような妖艶《ようえん》な雰囲気《ふんいき》を持っている。

ナデシコは土壌《どじょう》づくりから水やりまで、非常に気を使うデリケートな花だ。特に日本の夏は高温多湿《たしつ》なので、切り戻《もど》しも重要だ。その生育難易度の高さもまた、この花の魅力《みりょく》をかきたてるのだろう。

花言葉も『無邪気《むじゃき》』や『純愛』など。

ある意味、榎本《えのもと》さんにぴったりだとも思うんだけど……。

「…………」

あれ？

どうも榎本《えのもと》さんのリアクションは薄《うす》い。というか、まったく響《ひび》いてない感じだ。

「榎本《えのもと》さん、ナデシコは嫌《いや》？」

「……嫌《いや》じゃないけど」

なるほど。

嫌《いや》じゃないけど、これじゃない。ってことかな。

理屈《りくつ》も大事だけど、俺はそういう感覚的な部分は大事にしたい。榎本《えのもと》さん自身が気が乗らないなら、無理にするわけにもいかないな。

俺の手にあるチョコバナナを、日葵《ひまり》が当然のように横から齧《かじ》っていく。

「確かにえのっちにしては可愛《かわい》すぎるかなー」

「…………」

榎本《えのもと》さんが「何か言った？」って感じで手をギラッと鉤爪《かぎづめ》の形にする。そして威嚇《いかく》された日葵《ひまり》が、コソコソと俺の背後に隠《かく》れる。

……確かにナデシコは、榎本《えのもと》さんの一側面だけって感じがするなあ。

ナデシコに横線を引いて、最後の一つを挙げた。

「じゃあ、リコリスとかどうかな」

「リコリス？」

「彼岸花《ひがんばな》のことだよ。お盆《ぼん》の時期、花火みたいな形の綺麗《きれい》な赤い花が咲《さ》いてるよね」

「あ、それならわかる」

いくつか種類はあるが、総じて外側に反り返る妖艶《ようえん》な花だ。

花が落ちてから葉が出てくるという特徴《とくちょう》から、開花時期の花の存在感はすごい。その他にはない花の美しさに、園芸の世界でも人気が高くなってきている。

日葵《ひまり》が引き気味に言った。

「でもリコリス……てか、彼岸花《ひがんばな》？　ちょい不吉《ふきつ》な印象あるよなー」

「それは開花時期のせいだと思う。日本では開花がお盆《ぼん》に丸被《かぶ》りするから、それに合わせて墓地に植えられることが多くなった。そこから死者の花ってイメージが出来上がった感じ」

「とんだ風評被害《ひがい》ってやつかー」

「言ってしまえば、そういうことだな」

実際のところ、リコリスの花言葉は『情熱』『陽気』『元気な心』と、まったく反対のイメージのものばかりだ。

「リコリスは存在感もあるし、榎本《えのもと》さんみたいな美人にこそ映《は》えると思うんだよ」

「ゆっう～？　カノジョの前で他の女を堂々と口説くとか何考えてんかなー？？？」

「いや、これアクセの話じゃん……」

うちのカノジョの検閲《けんえつ》が厳しすぎるんだが。東京での失敗があるから強く反抗《はんこう》できない。あれ？　これマジで尻《しり》に敷《し》かれてね？

そして榎本《えのもと》さんもじとーっと見てんの何なの……とか思ってたら、ぷいっとそっぽを向かれる。

「わたし、もうそういう天然タラシ発言は本気にしないことにしたので」

「ここに俺の味方はいないのか……」

だからこれ、アクセ制作のことじゃん……と一人で泣いた。

榎本《えのもと》さんが顎《あご》に手をあてて、渋《しぶ》い顔で言った。

「でも情熱……陽気……？」

「あ、気に入らない感じ？」

「リコリス自体はいいんだけど、わたしっぽいかって言われると……どっちかっていうと、しーくんっぽい」

「真木島《まきしま》かあ……」

リコリスの花畑で、扇子《せんす》を広げて高笑いする真木島《まきしま》の姿が浮《う》かぶ。確かにあいつ、雲雀《ひばり》さんと競《きそ》ってるだけあってしぶとそうだもんなあ。正直、殺しても死ななそう……。

リコリスにも横線を引いた。

「まあ、これはちょっと俺も第三希望くらいだったから」

「そうなの？　悠宇《ゆう》にしては珍《めずら》しく弱気だねー」

「実は俺、リコリスをプリザーブドフラワーにするの成功したことないんだよ」

「ほんとに？」

「うん。花の線が細いから、どうしても制作過程でバラけちゃってさ。ドライフラワーのほうだったら、どうにかできるんだけど。ただ完成の色合いが思い通りにできなくてさ……」

「じゃあ、なんで候補の一つに挙げたし……」

挑戦《ちょうせん》したいなあとは、常々思ってるんだ……。

それからもいくつか挙げてみたけど、どれもパッとしなかった。……誰《だれ》かをモデルにアクセで表現するって、やってみるとかなり難しいんだな。

でもその原因は、なんとなく察しがついた。

「やっぱり、月下美人かな」

俺の結論は、そこだった。

榎本《えのもと》さんっぽい花と言われれば、最終的にはそうなってしまう。四月のあの再会のときの衝撃《しょうげき》もあるけど、やっぱり榎本《えのもと》さんといえば月下美人だった。

ただそれは、なんとなく言い出しづらかった。

理由は……。

「……っ！」

俺の言葉に、榎本《えのもと》さんがドキッとした。

そして無意識だろうが、とっさに右手首に触《ふ》れた。……そこにあったはずの月下美人のブレスレットはない。始業式の日に付け忘れたのかと思っていたが、どうもそうじゃないっぽい。

それ以降も、一日も見なかった。

もしかして壊《こわ》れた……のではないと思う。それなら修理をお願いしてくるはずだ。となれば失《な》くしたか、あるいは自主的に着けてないということになる。

後者だった場合……榎本《えのもと》さんが塩対応に戻《もど》ったのと明らかにリンクしていて、かなり踏《ふ》み込みづらい。俺もできるだけ触《ふ》れないようにしてたんだけど……。

日葵《ひまり》が小首を傾《かし》げる。

「あれ？　えのっち、そういえば月下美人のブレスレットどうしたん？」

「……っ⁉」

躊躇《ちゅうちょ》なく地雷《じらい》を踏《ふ》みに行く俺のカノジョである。

これに乗らないのも変に意識してる感じがして、俺はつい気が急《せ》いてしまった。

「そ、そうだよね。ずっと気になってたんだけど、どうしたの？　もし壊《こわ》れたんなら、前と同じように修理するけど……あ、もしそういう気分なだけだったらいいんだけど」

ペラペラと必要以上に回っていく口が、逆に準備してたくさい……。

日葵《ひまり》もちょい引いてるし、榎本《えのもと》さんも気まずそう。あ、なんかマジで地雷《じらい》っぽい。

榎本《えのもと》さんは右手首を隠《かく》したまま、視線を逸《そ》らした。

「東京で、失《な》くしちゃったから」

「あ、そうなんだ……」

それ以降、会話が止まる。

東京で失《な》くした。確か最終日、個展に行くのを見送ってくれたときはあったから、それ以降ってことか。

（……でも、それは本当に失《な》くしたのか？）

そんなことを考え出すと、堂々巡《どうどうめぐ》りに陥《おちい》る。あれだけ大事にしてくれていた月下美人のブレスレット……もし本当に失《な》くしたんなら、気づいたときに連絡《れんらく》をくれるはずだ。

俺は一日遅《おく》れて帰ってきた。俺が空港に行く前に、榎本《えのもと》さんの立ち寄った先で探すこともできたんだ。それでも連絡《れんらく》してこなかったということは、本当はまだブレスレットは持っているか、あるいは意図的に——。

俺は首を振《ふ》った。

やめろ。そういう当て推量はよくない。それに榎本《えのもと》さんの気持ちを踏《ふ》みにじった俺が、何か言葉をかけても白々しいだけだ。

『凛音《りおん》が気付かないのをいいことに、ずっとキープちゃんみたいに扱《あつか》ってたんだもんね～？』

そうだ。

俺は榎本《えのもと》さんを裏切った。その気はなくとも、彼女がそう感じ取ったのは間違《まちが》いない。

それに榎本《えのもと》さんが、どんな決断を下したのか。この最近の塩対応ぶりからするに、あまり俺に詮索《せんさく》して欲しくはないはず。

今は真木島《まきしま》のせいで、仕方なく一緒《いっしょ》に行動しているだけだ。アクセに協力してくれるからといって、その判断を間違《まちが》えちゃいけない。

俺は真木島《まきしま》の課題をクリアして、文化祭のアクセ販売会《はんばいかい》を成功させることだけ考えるべきなんだ。

暗黙《あんもく》の了解《りょうかい》……とでも言えばいいのか。

榎本《えのもと》さんもそれ以上のやり取りを進めようとはしない。とりあえず、ブレスレットの話はここでお終《しま》いだ。

これは俺のミスだ。ここで月下美人の話を持ち出すべきじゃなかった。榎本《えのもと》さんにぴったりの花は他にはない、っていうのは本心だけど、口に出すべきじゃないんだ。

という感じで、とりあえず保留という形で決着を見た。

かに思えたとき……。

「じゃ、また作ればいいじゃん」

「え？」

日葵《ひまり》がいかにも気楽に提案したことに、俺と榎本《えのもと》さんはぎょっとした。

その日葵《ひまり》は自分のチョーカーにあるニリンソウのリングに手をあて「日葵《ひまり》ちゃんあったまイーっ♪」って感じでどや顔している。

「アタシのときもそうだったし、また作ればいいじゃん。んふふー。東京でレベルアップした悠宇《ゆう》の新しいアクセ、アタシも楽しみだなー♪」

「あ、いや……」

俺は言《い》い淀《よど》んだ。

正直、それはどうなんだ？　たぶん榎本《えのもと》さんとしては、そういう流れは期待していないはずだ。

……でもここで下手に拒否《きょひ》すると、また「なんで？」ってことになりそうだし。俺が返事を躊躇《ためら》っていると、榎本《えのもと》さんが小さくため息をついた。

「……じゃ、それで」

榎本《えのもと》さんが渋々《しぶしぶ》と了承《りょうしょう》したことで、アクセの花は決まったのだった。

♣♣♣

その週末。快晴。

昼過ぎ、俺たちは再び三人で集合した。

市内の商店街から裏道に入った場所。中学の頃から通ったので、足取りは迷うことなくしっかりしている。

訪《おとず》れたのは、ひっそりとたたずむ古民家だった。猫《ねこ》の額《ひたい》ほどの庭に、四季の花が咲《さ》いている。

先日の来訪のときより、空の植木《うえき》鉢《ばち》が多くなっていた。おそらく冬の花を植えるための準備だろう。

石塀《いしべい》の入口に『新木《あらき》生花教室』と札が下げてあった。生花教室を名乗っている割に、相変わらず連絡《れんらく》先の電話番号は消えかけている。

日葵《ひまり》がそれを見て呆《あき》れていた。

「相変わらず、生徒を集める気がないなー」

「まあ、ほとんど趣味《しゅみ》らしいしな」

榎本《えのもと》さんが首を傾《かし》げた。

「前から不思議だったんだけど、新木《あらき》先生ってどうやって生計を立ててるの？」

「本業はガーデンデザイナーなんだよ」

「ガーデンデザイナー？　お庭とかを設計する人のこと？」

「そうだね。公園とか、オフィスビルの中庭とか、庭を含めた空間をデザインする仕事だ。四季ごとに植え替《か》えたり、あとはイベントの設営とかにも呼ばれるらしい。だから生花教室のほうはオマケ……てか、それもすでに子どもたちとのゲーム大会で消えかけてるみたいだけど」

今日も庭から、子どもたちの歓声《かんせい》が聞こえる。

玄関《げんかん》から庭のほうを覗《のぞ》いてみると、キャミソールにジーンズ姿の妙齢《みょうれい》の美女が小学生たちに囲まれてSwitchを操作していた。ガチガチとコントローラーを操作するたびに、雑めに束ねたポニーテールが揺《ゆ》れている。

新木《あらき》先生。

小学校から中学の頃《ころ》にかけて、俺に花の扱《あつか》い方を教えてくれた人だ。あの頃《ころ》はまだ大学生とか主婦の生徒さんが通ってたけど、今では専《もっぱ》ら小学生とのゲームで忙《いそが》しい。

「新木《あらき》先生。こんにちは」

俺が呼びかけると、先生が気付いた。

腕時計《うでどけい》を見て「ありゃ、もうこんな時間か」と気の抜《ぬ》けた声で言う。ポケットからくたくたの革財布《かわさいふ》を取り出して、小学生たちにお小遣《こづか》いを握《にぎ》らせる。

「お昼食べてきな。2時間後に集合」

「はーい！」

子どもたちは臨時収入を握《にぎ》りしめて、わいわいと俺たちの脇《わき》をすり抜《ぬ》けていく。

なんてテキパキとした行動だ。今日び、こんなに訓練された動きは小学校の運動会とかでも見られないだろう。

新木《あらき》先生は眼鏡を外すと、眉間《みけん》を押さえて唸《うな》った。

「この前のアップデートで強化された子がうまいこと使えないなあ……」

Switchの画面をチラ見する。

どうやら今日はポケモンではなくスプラトゥーンで盛り上がってるらしい。ＦＰＳは目を酷《こく》使《し》するから疲《つか》れるよね。わかる。

「そいつ、強いですか？」

「今ぶっ壊《こわ》れだから使いこなしたいんだけど、ちょっと合わないなあ。戦場を俯瞰《ふかん》する目は必《ひっ》須《す》としても、周囲のスピードが噛《か》み合《あ》わないのがねえ……」

「じゃあ、使い慣れたやつにすればいいのに」

「今の環境《かんきょう》は、こいつの優劣《ゆうれつ》で決まるといっていいから。小学生には任せてられん」

「先生、ガチンコじゃないですか……」

先生はスリッパを脱《ぬ》いで、縁側《えんがわ》に上がった。

「お昼、まだでしょ？　そうめん茹《ゆ》でるけど一緒《いっしょ》に食べる？」

「いいんですか？」

「お中元でもらったの余っちゃってるんだよねえ。消費手伝って」

「ああ、そういう……」

俺たちも靴《くつ》を脱《ぬ》いで上がった。

昭和の風情《ふぜい》を感じる台所に招かれた。俺たちも器《うつわ》の準備などを手伝いながら、30分ほどで食《しょく》卓《たく》が完成する。

棚に大量に積まれたコンビニの割《わ》り箸《ばし》で、茹《ゆ》で上《あ》がった大量のそうめんを前に手を合わせる。

そこで、今日の用件も話した。

「新木《あらき》先生。お知り合いの業者さんで、月下美人を育成してる人はいませんか？」

「月下美人？　そりゃまたレアなチョイスだねぇ」

「今度の文化祭で、月下美人のアクセを売りに出したいと思っているんですけど」

「うーん。もっとポピュラーなものなら知ってるけど、ちょっと聞いてみないとわからないなあ」

隣《となり》で向かい合った日葵《ひまり》と榎本《えのもと》さんが「えのっち、あーん？」「……自分で食べられる」とイチャついている。

それを眺《なが》めながら、新木《あらき》先生がちゅるちゅると上品にそうめんをすった。

「へえ。夏目《なつめ》くん、犬塚《いぬづか》ちゃんと付き合うことにしたんだ？」

「……っ⁉」

俺はぶふうっと咽《む》せた。

日葵《ひまり》も「なんでわかったの⁉」とビビっている。

新木《あらき》先生がのほほんと答えた。

「いやあ。夏休みにきたときと違《ちが》って、犬塚《いぬづか》ちゃんのヤンデレオーラが消えて……もがっ」

「新木《あらき》せんせーっ！　言わなくていいから！」

日葵《ひまり》がめっちゃ慌《あわ》てて口をふさいだ。何だろう。気になるけど、地雷《じらい》っぽいから聞かないのが正解なんだろうな……。

俺はそうめんを汁《つゆ》にくぐらせて、ちゅるるとすすった。

「あ、悠宇《ゆう》！　アタシ、新木《あらき》せんせーと話してくるねーアハハ！」

「え？　犬塚《いぬづか》ちゃん？　わたし食べてるんだけど……」

「ほら、せんせーっ！　取引先に月下美人あるか電話しなきゃ！」

「それは食べてからでも……」

「ホラ！　早く行こっ！」

「まあ、そうめんは逃《に》げないし、いっか……」

新木《あらき》先生が背中を押されて、二人とも台所から消えていった。

向こうで何か言っているのが聞こえるけど、とりあえずこっちのテーブルは無言の雰囲気《ふんいき》だった。俺と榎本《えのもと》さんのそうめんをすする音だけが聞こえる。

「…………」

「…………」

すげえ、気まずい。

東京旅行のとき、何を話したっけ？　全然、思い出せない。胃のそうめんが逆流しそうなキリキリ感を覚えながら、俺は話しかけた。

「あの、榎本《えのもと》さん？」

「ん？」

「もし気が乗らないなら、無理にアクセ制作に付き合わなくてもいいよ。真木島《まきしま》には、一緒《いっしょ》にやってるって言っとくし……」

「ん」

「あと、月下美人も嫌《いや》だったら……」

「…………」

俺の精一杯《せいいっぱい》の言葉選びに、榎本《えのもと》さんはノーリアクションだった。

ちゅるちゅるとそうめんだけが減っていく。汁《つゆ》の器《うつわ》が空っぽになると、丁寧《ていねい》に口元を拭《ぬぐ》った。

……相変わらず、食べる量と品のよさが噛《か》み合《あ》ってない。

榎本《えのもと》さんはじっと俺を見つめる。

「ゆーくん。月下美人のアクセ、作りたくないの？」

「え？」

予想外のことを聞き返されて、俺はつい素《す》で言い返していた。

「いや、作りたい！」

俺は思わず立ち上がると、榎本《えのもと》さんの両肩《りようかた》を掴《つか》んだ。

「榎本《えのもと》さんを表現するアクセは何だろうって考えて、真っ先に思《おも》い浮《う》かんだのが月下美人だった。中学のときに作ったブレスレットは、間違《まちが》いなくあのときの俺の最高傑作《けつさく》だ。それを今の俺が作ったら、どうなるのかってずっと考えてた。この文化祭は東京で学んだことを実践《じつせん》するチャンスだし、俺は今回、榎本《えのもと》さんが協力してくれる成果を絶対に出すつもりだ。えっと、だから何が言いたいのかっていうと……」

勢いに任せて喋《しやべ》り出したせいで、つい着地点を見失った。

俺は何を言いたいんだ？　月下美人のアクセを作らせてほしい？　いや、それは伝えた。後は何を言ってないかと考えて……あっと思い至る。

「俺は前のブレスレットを超《こ》える月下美人のアクセを作る。……それを榎本《えのもと》さんが気に入ってくれるなら嬉《うれ》しい」

榎本《えのもと》さんはぽかんとした顔で、俺を見返していた。

そこでようやく、俺も自分の状態に思い至った。完全に自分の都合ばかり押し付けて、榎本《えのもと》さんの気持ちを考えていない。

……やってしまった感が半端《はんぱ》ない。

「あ、その、ゴメン。何か榎本《えのもと》さんの気持ちとか考えずに言っちゃって……」

「…………」

榎本《えのもと》さんは無言だった。

その沈黙《ちんもく》の空気に耐《た》えられずに俺が震《ふる》えていると、素っ気なくぷいっと顔を逸《そ》らした。

「なら別にいい」

「そ、そうですか……」

どっちだあー……。

榎本《えのもと》さん、それはOKなのかNGなのか、どっちなんだあー……。

わからん。まったくわからん。そりゃいいって言ってんだからOKだろって思うんだけど、そんな単純なものなのか？　周囲の女性サンプルが日葵《ひまり》と咲姉《さくねえ》さんくらいしかいなくて圧倒的《あっとうてき》に情緒《じょうちょ》が不足している。誰《だれ》か乙女《おとめ》心の参考書持ってきてくれよ……っ！

さっきとは別の意味の気まずさで空気が重い。誤魔化《ごまか》すためにすするそうめんの残量が心《こころ》許《もと》ない。いや、その前に俺の胃袋《いぶくろ》のライフゲージのほうが大変なことになっている。やばい、吐《は》きそう。

さすがに限界を感じていると、向こうで謎《なぞ》の作戦会議をしていた日葵《ひまり》と新木《あらき》先生が戻《もど》ってきた。

そしてガラスの器《うつわ》の冷水に漂《ただよ》うそうめんの少なさにびっくりしていた。

「悠宇《ゆう》たち、めっちゃ食べたねー。さすが黒帯のそうめん……」

「アハハ。食べ盛《ざか》りってすごいねえ」

なんか恥《は》ずかしい……。

結局、新木《あらき》先生は新しいそうめんを茹《ゆ》で始めた。「ほら、そんなに美味《おい》しかったならもっと食べて」と二倍くらいの量のそうめんを出されて、俺はグロッキーな気分を味わうのだった。

♣♣♣

すっかりご馳走《ちそう》になった後、榎本《えのもと》さん家の洋菓子店《ようがしてん》で買ってきたケーキでお茶をしていた。

「新木《あらき》先生。業者さんとの電話どうでした？」

「あ、それねえ」

新木《あらき》先生は、さっき業者を当たってくれた結果を話した。

それによると、やはり普段《ふだん》から生花店などに卸《おろ》している花でなければ難しいということらしい。月下美人は植え付けから最初の開花のチャンスまで一年以上もかかるし、咲《さ》いても一晩で散ってしまう。

何より月下美人は、毎年、必ず花を咲《さ》かせるわけではない。

10年以上もまったく咲《さ》かなかった月下美人が、もはや花が死んでいるのではないかと処分しようと思ったらその晩に咲《さ》いていた、という話もある。荘厳《そうごん》な雰囲気《ふんいき》の花だが、これがけっこう気分屋だったりするのだ。

総じて言うと、生花店に卸《おろ》す商品としては現実的ではない。それをこの土壇場《どたんば》で注文されても、業者が困るのは当然だ。

新木《あらき》先生が申し訳なさそうに言った。

「力になれなくてゴメンね」

「いいえ。俺も急に無茶なお願いして、すみませんでした……」

それから少しの間、新木《あらき》先生と文化祭の販売会《はんばいかい》について意見をもらった。

新木《あらき》先生は生け花やアレンジメントの個展の経験があるし、その際の花の配置などもアドバイスをもらう。

「展示会で大事なのは順路の扱《あつか》いだよ」

「順路？」

「商品の配置を操《あやつ》って、顧客《こきゃく》の意識に強弱をつけるってことだよ。どのアクセを主力商品にしたいかって考えたとき、それが一番印象に残るように他の商品を配置する。成功すれば想定以上の成果が得られるし、在庫の数量を操作することも可能だから」

日葵《ひまり》が興味深げに聞き返した。

「せんせー。それコース料理みたいなもの？」

「そうだねえ。メインディッシュが一番、印象に残らなきゃ寂《さび》しいよね」

中学のときに参加した生花教室の個展では、確かにそういう意図があったように思う。先生の作品がラストに固められていたし、観覧後の余韻《よいん》のようなものを強調していたのかもしれない。

なるほどなあと思っていると、榎本《えのもと》さんが暗い顔でケーキに目を落としていた。

「……榎本《えのもと》さん。顔色悪いけど、気分悪かったりする？」

「あ、ううん。そんなことないけど……」

そう言いながら、お皿に載《の》ったモンブランをフォークでチクチク刺《さ》していた。

「デザートだって、メインに負けないくらい美味《おい》しいのにって思っただけ」

「……？　うん、俺もそう思うけど、あくまで喩《たと》えだから……」

もしかして洋菓子店《ようがしてん》的には、今のは気に障《さわ》る喩《たと》えだったのだろうか。いや、榎本《えのもと》さんはそんなことで気を悪くする人ではないと思うんだけど……。

その意図がよくわからずに、俺は新木《あらき》先生との話を続けた。

「それならメイン……というか、一番売りたい主力商品は、どういう配置が好ましいんでしょうか？」

「前面で派手な場所。どこからでも視界に入る場所。物理的に買いやすい場所。……どんな箱が用意されるかによっても違《ちが》うから、そこは空間と相談してね」

空間と相談、か。

そういえば天馬《てんま》くんたちの個展も、入口から三人のアクセが一望できる形だったはず。その上で、天馬《てんま》くんのファンが買いやすい構内図になっていた。

先生のアドバイスをメモに取りながら唸《うな》った。

「これまで意識しなかったから、色々と学ぶことが多いです……」

「アハハ。販売会《はんばいかい》のレイアウトなんて聞かれたことなかったからびっくりしたよ。夏目《なつめ》くん、夏休みから雰囲気《ふんいき》変わったね。何かあった？」

「あ、それは……」

東京での個展のことを言いかけたところで、誰《だれ》かのスマホのアラームが鳴った。これは確かチャゲアスだ。

全員の視線が、新木《あらき》先生に向かった。

「あ、時間だ」

アラームを止めて、先生が立ち上がる。

「もう子どもたちが戻《もど》ってきますか？」

「いや、これは花の水やり」

「あ。なるほど……」

今日はアドバイスをもらったので、俺たちも手伝うことにした。

家の裏手に、以前は納屋《なや》として使われていた小屋がある。新木《あらき》先生はそれを改造して、花の育成ハウスのようにしていた。

天井《てんじょう》の窓から差し込む日光が、室内を柔《やわ》らかく照らしていた。

何段も棚《たな》が設置してあって、蕾《つぼみ》をつけた開花前の植木鉢《うえきばち》がずらりと並べてある。室内には緑と土の香りが充満《じゅうまん》していた。

日葵《ひまり》は以前も見たことあるが、榎本《えのもと》さんは初めてのはずだ。その光景をしげしげと興味深げに眺《なが》めていた。

「すごい……」

「俺の部屋のクローゼットで、花を育てられるようにしてるでしょ？　あれ、ここを真似《まね》て作ったんだ」

「あ、なるほど。確かに似てるかも」

水道からホースを引いてきて、一つずつ丁寧《ていねい》に水をあげていく。

俺も久しぶりに覗《のぞ》いたけど、相変わらずたくさんの品種が植えてある。これはクリスマスローズ、パンジー、サイネリア……低木花のロウバイや、ツバキなんかもあった。

日葵《ひまり》が「ほえー」と感心した様子で唸《うな》った。

「ここ見ると、新木《あらき》せんせーってほんとにお花の先生だったんだなーって思うよねー」

「アハハ。プロゲーマーにはなれそうにないから、仕方なく続けてるんだよね」

新木《あらき》先生、それジョークか本気かわかりづらいです……。

俺が恩師の心を測りかねていると、向こうで水をあげていた榎本《えのもと》さんが声を上げた。

「ゆーくん、これ大きいね……」

「え？」

そっちに向かった。

そこに置いてある大きめの植木鉢《うえきばち》に目を奪《うば》われた。何枚もの葉状の茎《くき》が、天に手を伸《の》ばすかのように伸《の》びている。俺の胸のあたりまで届いているから、おそらく全高一メートルは超《こ》えているだろう。

まるで噴水《ふんすい》が舞《ま》い上《あ》がり、そのまま時間が止まったかのような美しい株だった。花は咲《さ》いていないけど、これだけですでに芸術的な圧を感じる。

「うわあ。これは、でかいなあ……」

「ゆーくん、これ何か知ってるの？」

「これが月下美人だよ」

榎本《えのもと》さんが「えっ⁉」って感じで振《ふ》り返《かえ》った。

俺は得意げになって、いつものように聞かれてもないのに説明を始める。

「しかも、もう何年も育てて、ちゃんと花芽もできてるやつだよ。これで一メートルちょっとあるかな？　成長すればまだ伸《の》びるけど、ここまで育っただけでもすごい……ん？」

俺は自分の言葉に「おや？」と首を傾《かし》げる。

なんか引っかかるな。

月下美人。月下美人か。月下美人……――って！

「新木《あらき》先生！　月下美人、あるじゃないですか⁉」

つい大声でツッコんでしまった。

新木《あらき》先生が「あ、それ？」とすっ呆《とぼ》けた顔で振《ふ》り返《かえ》る。

「だって業者さんのことしか聞かれなかったし……」

極《きわ》めて素《す》の表情で答えられてしまった……。

その隣《となり》にいた日葵《ひまり》が呆《あき》れ顔《がお》で言う。

「新木《あらき》せんせー、そういうとこあるよね……」

「美女は多少ミステリアスなほうがいいから」

「せんせーのは抜《ぬ》けてるだけだと思う……」

自分で美女発言してるのはスルーかよってツッコみそうになったけど、よく考えたら日葵《ひまり》もそっち側だった。前からこの二人やけに仲いいなって思ってたけど類友か。納得《なっとく》。

「でも、俺も久々に見たな……」

改めて月下美人を眺《なが》めた。

かなりでかい。いや、でかい以上に存在感がすごい。

生命力というのだろうか。まだ花も咲《さ》いていないのに、こんなに威圧《いあつ》感のある花は他にはないと思う。これだけ大きなものだったら、さぞ綺麗《きれい》で大きい花を咲《さ》かせるだろう。

知らず胸が高鳴る。

この株に咲《さ》いた月下美人をアクセにできたら、どんなに心躍るだろうか。

そこまで考えて……ふと我に返った。

「あ、でもこれだけ大きな株、新木《あらき》先生が大事にしてるものですよね。それなのに勝手に盛り上がっちゃって……すみません、忘れてください」

自分で頭を小突《こづ》いた。

何を勝手に譲《ゆず》ってもらえる前提で考えているんだろうか。月下美人は育てるのが大変なのだ。仕方ない。文化祭で扱《あつか》う月下美人は、通販《つうはん》か何かを当たるしか……。

そこで新木《あらき》先生が、事もなげに言った。

「いや、これキミのだよ？」

「……は？」

聞き間違《まちが》いだろうか？

今、この花は俺のものだと聞こえた気がする。ハハ、さすが新木《あらき》先生。悪いジョークだ。独身サラリーマンが突然《とつぜん》やってきた少女に「わたし、あなたの娘《むすめ》です」とか言われたとき、きっとこんな気分になるんだろう。

俺が変な顔になっていると、新木《あらき》先生がカラカラ笑った。

「キミが中学のとき、ここで育てたじゃない。文化祭のアクセ作りに使うって花を採取してからは、邪魔《じゃま》だからこっちに移動してたんだけど……あれ？　もしかして忘れてた？」

「…………」

三年前の記《き》憶《おく》が頭の中を巡《めぐ》る。

……そうだ。俺は中学の頃《ころ》、この生花教室で花を育てるスペースを借りていた。そのとき新《あら》木《き》先生が知人から頂いたという謎《なぞ》の鉢《はち》を育てたら、この月下美人の花が咲《さ》いたのだ。

それを中学の文化祭でアクセにして、そして──。

俺はガクーッと膝《ひざ》をついた。

「忘れてました……っ！」

「アハハ。キミもうっかりさんだねぇ」

「だって中学の文化祭の後、新木《あらき》先生が『もうないよ』って言ってたじゃないですか！　俺、捨てられたと思ってショックだったんですよ⁉」

「庭にはもうないよって言ったつもりだったんだけどなあ」

「一番大事なところ、伝わってねえ……っ！」

日葵《ひまり》が「せんせー、そういうとこあるよね……」とドン引きだった。そして新木《あらき》先生は悪びれずに笑う。

「いつ取りにくるかなあって思ってたんだけど、なかなかこないからついでに水あげてたんだよねえ。でもこいつ、わたしの前じゃ一度も花を咲《さ》かせないんだ。生意気だよね」

この人、ほんと大人げないなあ……。

でも、ここまで育てたのは確かに新木《あらき》先生だ。

「せっかくここまで育てたんだし、もし先生が残したいとおっしゃるなら……」

先生は爽《さわ》やかな笑顔《えがお》で答えた。

「邪魔《じゃま》だから早く持って帰ってくれると助かるなあ」

「先生……」

せめて言い方……。

何はともあれ、どうにか月下美人の確保には成功した。

♣♣♣

月曜日。

昼休みの科学室で、アクセ販売会《はんばいかい》の計画を立てる。日葵《ひまり》がスマホのアプリで計画書を作成して、榎本《えのもと》さんはご意見番として話を伺《うかが》う。

「今回は学校行事だから、中学のときの文化祭みたいに収益はボランティア団体に寄付しようと思うんだ。笹木《ささき》先生もそれがいいって言ってたし」

「まあ、それは当然だよなー……あれ？　それじゃあアクセの材料費もこの園芸部の予算から捻出《ねんしゅつ》するの？」

「一応、そのつもりだ」

「うーん。それじゃあ売り上げが見込《みこ》めるかなー？」

「今回は売上金額を重視しない方針で行きたい」

「それじゃあ、中学のときみたいに別の目標を設定する感じ？」

俺はうなずいた。

「今回の目標は……『限られた予算の中で黒字を出すこと』だ」

日葵《ひまり》が不思議そうに首を傾《かし》げるので補足する。

「中学のときは、何でもいいから『アクセを１００個売ること』だった。今回は、できるだけ実践的《じっせん》なシチュエーションを想定した販売《はんばい》活動を目指す」

「つまり東京でやった個展をシミュレーションするってこと？」

東京の個展、というワードが出たとき、榎本《えのもと》さんがちらっと俺を見たような気がしたけど……いや、気のせいか。お弁当を食べながらスマホで猫《ねこ》の動画とか見てるし。

「そういうことだ。天馬《てんま》くんたちに任せていた部分も、自分たちで全部やってみたい」

花やアクセパーツの材料費。

当日の販売《はんばい》場所の賃料。

そういったものをすべて計算した上で、黒字化を目指す。

最終的に予算以上の実入りがあった場合はすべて寄付に回るけど、今回は金銭ではなくその経験こそが俺たちの財産になるはずだ。

「まずは販売《はんばい》計画を立てて、雲雀《ひばり》さんか咲姉《さくねえ》さんに審査《しんさ》してもらう。ＯＫが出たら、それで文化祭に臨む」

「でも、かなり難しくない？　普段《ふだん》の〝you〟の活動資金より、かなり予算が低めになると思うけど」

「だからこそ、やる価値があるんだ。将来、ずっと潤沢《じゅんたく》な資金繰《しきんぐ》りができるとは限らない。どんな状況《じょうきょう》でも黒字にできるように訓練しておかなきゃいけないと思う」

東京の天馬《てんま》くんたちも、紅葉《くれは》さんというスポンサーからの資金を元手に活動している。それに倣《なら》うなら、俺も今回は『スポンサーの資金を元手に』という状況《じょうきょう》でやってみたいのだ。

「悠宇《ゆう》。販売会《はんばいかい》の方針はわかったけど、それなら準備するアクセの数も限られるよ？　これまでみたいに、とりあえず揃《そろ》えるのはダメだと思うけど……」

「そうだな。単価高めの少数精鋭《せいえい》勝負って感じが妥当《だとう》だと思うんだけど……」

予算が限られるってことは、アクセ１個あたりにかけられる材料費も限られる。

となると、徒《いたずら》に数を増やして安っぽくなるよりは、高級志向で少なめに売るほうが最終的に黒字にできそうだった。

「それは納得《なっとく》なんだけど、どのくらい作る予定でいく？　あと花は月下美人だけ？」

「制作期限までに月下美人が咲《さ》くかどうか、でもあるけど。それでも月下美人だけですべてのアクセを賄《まかな》えるほどは期待しないほうがいいと思う」

「だよねー。月下美人って、咲《さ》いたり咲《さ》かなかったり、一つだけ咲《さ》いたり大量に咲《さ》いたり、すごく気まぐれっていうしなー」

それも含《ふく》めて榎本《えのもと》さんっぽいよなあって……とかは口が裂《さ》けても言えないな。

「とりあえず月下美人を主役に据《す》えて、サブとして他の花を揃《そろ》えていこうと思う」

「新木《あらき》せんせーが言ってた、メインと引き立て役ってやつだねー」

「月下美人に負けて他のが売れなかったら本末転倒《ほんまつてんとう》だし、他のアクセも全力でやるけどな。でも時間も押してるし、できるだけ入手しやすくて、加工も慣れてる花がいいか」

「オッケー。とりあえず月下美人が咲《さ》くまでは、そっちを進めるかー」

そこで榎本さんに向く。

「榎本《えのもと》さんは、何か要望ある？」

「ない」

塩対応……っ！

榎本《えのもと》さんはツンとした仕草で、お弁当のプチトマトを口の中で転がしていた。いや、こうやって話を聞いてくれるだけでありがたい。

日葵《ひまり》が両手でテーブルに頬杖《ほおづえ》を突《つ》き、ニコニコしながら脚《あし》をぶらつかせる。

「悠宇《ゆう》、ほんと東京から帰ってきて変わったよなー。一皮むけたっていうか？　個展に参加できてよかったねー」

「……そうだな」

学校の行事だから。

そう言ってしまえば、それまでだ。学校の行事なんだから、材料費は除外するのが当たり前。販売場所《はんばい》の賃料なんて想定する必要はない。なぜならこれは、学生が社会的な勉強をするための行事なんだから。

（……でも、俺の成長はそこにはないんだ）

そんな社会の仕組みを学んで満足しようとか、そんなことを目標にするために販売会《はんばいかい》をするんじゃない。材料費を省いて利益として誤魔化《ごまか》す。箱の賃料をなかったことにして、黒字だと胸を張る。

そんなママゴトで満足して、成長できるわけないだろ。

東京で天馬《てんま》くんや早苗《さなえ》さんが戦う現場を目の当《ま》《あ》たりにした。常に滅茶苦茶《めちゃくちゃ》厳しい紅葉《くれは》さんの査定に身をさらして、本当の商談の荒波《あらなみ》に揉《も》まれて、その上で黒字と赤字の結果を自身に刻む。

天馬《てんま》くんは己《おのれ》のアクセを広めるための手段として、舞台《ぶたい》に参加したりファンサに多大な時間と努力を費《つい》やしている。

早苗《さなえ》さんは常にアウェーに身を置き、まるで剣豪《けんごう》が斬《き》り結ぶ修羅場《しゅらば》を生き延びるかのようにアクセを売り歩いている。

俺と彼らの、何が違《ちが》う？

それは緊張感だ。

常に現場というヒリつく空気に身を置き、自分のセンスを磨《みが》き続ける覚悟《かくご》。それが俺たちにはないものだった。

日葵《ひまり》がモデルとしてインスタで宣伝し、俺は技術を磨《みが》く。俺たち〝you〟の通販《つうはん》スタイルは完成されているが、同時に自ら進化を閉《と》ざしていた。それを俺は思い知ったのだ。

だからこそ、まずは自分の現在地を知る必要がある。

俺はどれくらい、天馬《てんま》くんたちに後《おく》れを取っているのか。それを見定めるためにも、今回の文化祭のアクセ販売会《はんばいかい》は、できるだけ現実に合わせる必要がある。

このチャンスの一度一度が、これっきりのものだと思え。

そこで俺は、あのことを思い出した。

「そういえば日葵《ひまり》。アクセ販売会《はんばいかい》について、おまえに許可を取らなきゃいけないことが……」

そのとき、校内放送のベルが鳴った。

俺たちは反射的に黙《だま》った。まるで学校中の時間が止まったかのように、昼休みの喧騒《けんそう》が止まる。

科学室の前方の埃《ほこり》の溜《た》まったスピーカーに目を向けた。すると、数学の笹木《ささき》先生の端的《たんてき》な言葉が流れる。

『二年、夏目《なつめ》。職員室にきなさい』

それだけ告げると、校内放送は途切《とぎ》れた。

それはいつもの学校の風景として流れて行った。科学室の外でも、すぐに生徒たちの話し声が戻《もど》ってくる。

でも、俺たちは違《ちが》った。

三人で顔を見合わせて、首を傾《かし》げる。

「なんだろ」

「悠宇《ゆう》、何かした？」

日葵《ひまり》と榎本《えのもと》さんの視線に、俺は首を振《ふ》った。

「いや、宿題とかも忘れてないはずだけど……」

とりあえず、と俺は立ち上がった。

いったんアクセ販売会《はんばいかい》の会議を中断し、科学室を閉める。日葵《ひまり》と榎本《えのもと》さんは、一緒《いつしよ》に吹奏楽《すいそうがく》部のほうで遊んでくると言って別れた。

俺は一人で職員室に向かった。

♣♣♣

職員室に到着《とうちゃく》すると、笹木《ささき》先生が待っていた。

「笹木《ささき》先生。何か御用《ごよう》ですか？」

「……ついてこい」

あれ？

笹木《ささき》先生は目も合わせずに、先に歩き出した。その表情は暗くて、眉間《みけん》に深いしわが寄っている。

とりあえず、何も言わずについていく。

たどり着いたのは指導室だった。無言で入室を促《うなが》される。

「失礼しまー……す？」

先客がいた。

うちの担任と、園芸部の顧問《こもん》の先生と……教頭先生だ。

（あ、これはよくない）

そういう直感があった。既視感《デジャブ》だ。数か月前にも、これと同じようなシチュエーションがあった。

あのときは、えっと、何だっけ。

……そうだ。俺が校内で販売《はんばい》していたオーダーメイドアクセに、保護者からクレームが入ったときだ。数名の生徒が、俺が無理やり買わせた、というデタラメを証言して、回収騒《さわ》ぎになったときのやつ。

急に肌寒《はだざむ》い気がした。心臓がドクドクと鳴っている。

俺の後から入ってきた笹木《ささき》先生に、教頭先生が言った。

「笹木《ささき》君」

「え、おれが説明するんですか？」

笹木《ささき》先生は不満を隠《かく》そうともせずに頭をかいた。

「……ったく、嫌《いや》な仕事は人に丸投げですか」

ボソッとこぼした言葉に、教頭先生がじろっと睨《にら》んだ。

笹木《ささき》先生は俺をソファに座らせて、自身は向かい側に腰掛《こしか》けた。眉間《みけん》を指で押さえながら唸《うな》る。

そして俺の目をまっすぐ見つめながら言った。

「……夏目《なつめ》、単刀直入に言う。今回の文化祭の園芸部のフラワーアクセサリー販売会《はんばいかい》の企画に、複数の教職員から差《さ》し戻《もど》せという意見が出ている」

「…………」

驚《おどろ》きは……ないといえば嘘《うそ》だけど。でも、どちらかといえば驚《おどろ》きじゃなくて「そうありませんように」っていう願いがダメになった絶望感が勝《まさ》った。何となく、この指導室に入ったときに予感があったのだ。

でも理由は？　なぜそんなことを言われなきゃいけないいんだ？

「ど、どうしてですか？」

「わからないか？」

「いや、その、もしかして、以前のトラブルのせいですか……？」

笹木《ささき》先生がうなずいた。

「先日の保護者からのクレーム騒動《そうどう》は、思ったより大事《おおごと》になってしまった。おまえには言っていなかったが、実はおまえに自主退学を促《うなが》す話もあった」

「ええっ⁉」

「学内で商売していたという部分が、やはり心証がよくなかったんだ。その処分はおれが話をつけて流れたんだが、そのときの先生たちを中心に、今回の文化祭での販売会《はんばいかい》に反対意見が出ている」

「でも、俺は納得《なっとく》してくれたクライアントにしか売りません！　決して押し売りをしているわけじゃ……」

「あのときに言ったはずだ。そのおまえの証言を裏付けるものはあるのか、と」

「うっ……」

ない。

そうだ。『クライアントが自らの意思で購入《こうにゅう》した』という証拠《しょうこ》がなかったから、俺たちは泣《な》き寝入《ねい》りするしかなかったんだ。

「……それで、どうなるんですか？」

笹木《ささき》先生はため息をついた。

「明日の職員会議で対応は決まるが、内々では園芸部の販売会《はんばいかい》を禁止という方向で進むことになっている」

「そ、そんな！　俺たちは悪いことしてないのに……」

「そういう問題じゃないんだ。おまえが他の生徒よりも大人の視点を持っているということで言わせてもらうが……今の時世、火種になるとわかっている企画を、学校側がリスク承知で通すわけにはいかない」

火種。

つまり炎上《えんじょう》案件だ。一度、燃えたものには、いつまでも火がくすぶる。消えているように見えても、油を注げばまた猛々《たけだけ》しい火柱が立つ。

しかもそれは、さらに大きな被害《ひがい》をもたらす可能性があるのだ。いやむしろ、それを喜び、あえて燃やしてやろうと虎視眈々《こしたんたん》と狙《ねら》っている者もいる。

学校側は、それを危惧《きぐ》しているというわけだ。

「笹木《ささき》先生は、この前、販売会《はんばいかい》の相談に乗ってくれたじゃないですか。だから俺、許可が出たものとばかり……」

「それはおれが軽率《けいそつ》だった。期待させてすまん。おれとしては、おまえの挑戦《ちょうせん》を見守ってやりたかったんだが……」

その言葉を止めるように教頭先生が大きく咳《せき》をし、苛立《いらだ》たしげに脚《あし》を組み直した。

笹木《ささき》先生が舌打ちして、気まずそうに視線を逸《そ》らす。

（なるほど。教頭先生が反対派のリーダーってことか……）

笹木《ささき》先生は俺のことを考えてくれる。

でも、あくまで彼は『学校側の人間』なのだ。個人の意思はともかく、その決定に反抗《はんこう》することはできない。

俺は前のトラブルのときに先生に救われている。ここでゴネたら、それだけ笹木《ささき》先生の立場が悪くなるのは目に見えていた。

（……でも、そんなことで納得《なっとく》できるわけない）

俺は拳《こぶし》を握《にぎ》った。

震《ふる》える喉《のど》で、必死に意思を告げる。

「嫌《いや》です。俺はアクセの販売会《はんばいかい》がしたい」

場が凍《こお》り付《つ》いた。

先生たちは俺が折れると思い込んでいたようだ。担任の先生が、慌《あわ》てて俺をなだめようとする。でも、俺はそれを拒否《きょひ》した。

「俺は悪いことしてない！　気に入らないなら、最初から買わなければいいんだ！　別に目立ちたくてやってるわけじゃないんだし、保護者たちも無視すればいい！　俺だって、俺の活動に理解のない人に買ってほしいとは思わない。勝手に買って、勝手に悪者にするなんて卑怯《ひきょう》だろ！」

「…………」

先生たちの表情は、様々だった。

あからさまな嫌悪感《けんおかん》を示す教頭、面倒《めんどう》くさそうにする担任、うろたえる顧問《こもん》の先生。

笹木《ささき》先生は難しい顔で腕《うで》を組んでいた。

静まり返った指導室で、彼がまず口を開く。

「……おれが話をします。教頭先生方は、職員室にお戻《もど》りください」

教頭先生が舌打ちした。

担任の先生たちもホッと胸をなで下ろした様子だった。

「それじゃあ、笹木《ささき》君。後は頼《たの》みますよ」

教頭先生は立ち上がると、さっさと出て行ってしまった。

担任の先生たちは迷っている様子だったが、笹木《ささき》先生が「任せてください」と言ったので同じように退室していった。

笹木《ささき》先生と二人になって、少しだけ安心した。

この人にならば、変に気遣《きづか》うことはない。俺は唇《くちびる》を噛《か》んで、絞《しぼ》り出《だ》すように言う。

「俺が何か悪いことしたんですか？　あのとき、俺は事前にアクセの料金の説明をしたし、完成形のデザインも見せました。それなのに一方的に返品されて、その上、なんで俺だけ悪者にされるんですか？」

「……まあ、何だ。人ってのは自分の都合の悪いことは忘れちまうもんだ」

笹木《ささき》先生は気まずそうに、胸ポケットから煙草《たばこ》を取り出す仕草をして……なぜか飴《あめ》を取り出した。チュッパチャップスだ。

なぜかその一本を渡《わた》された。

「禁煙《きんえん》を始めたら、妙《みよう》に甘いものが欲《ほ》しくなってなあ。おまえも舐《な》めろ。頭に糖分をいれるんだ」

「は、はあ……」

先生に倣《なら》って口に入れた。

男二人でチュッパチャップスをもごもごする。脳に糖分が補給されて冷静になった……ような気がした。

「本当にすまん。おれも粘《ねば》ったんだが、学校のイメージやら何やらを出されると、どうしようもなくてな」

「……いえ。先生には本当に感謝しています」

それは本心だ。

笹木《ささき》先生が気遣《きづか》ってくれなければ、俺の状況《じょうきょう》はもっと悪かったかもしれない。そのことは忘れちゃいけない。先生だって、できることとできないことがあるのだ。

「……さっきはすみませんでした」

「いや、本当にたまげた。おまえ、草食系っていうか、あそこで食い下がるやつだったか？」

「俺も自分で、ちょっと驚《おどろ》いてます……」

六月のアクセ騒動《そうどう》のときも、俺は穏健《おんけん》派だった。自分で日葵《ひまり》に「学校で金儲《かねもう》けするのが間違《まちが》ってた」とか言ってたくせに……てか、やっぱあのときムカついてたんだな。自分にちょっと安心した。

先生は参った様子で、頭をかいた。そして元気づけようとしているのか、明るい感じで背中を叩《たた》いてくる。

「ま、何だ。販売会《はんばいかい》のチャンスは今回だけじゃないだろう。残念だったが、また次の機会まで待てばいい。おまえは頑張《がんば》り屋だし、きっと次はうまく……」

「……っ！」

その言葉に、俺はカッとなった。

口の中で小さくなった飴《あめ》を噛《か》み砕《くだ》き、恨めしく呟《つぶや》いた。

「じゃあ、次っていつですか……？」

知らず声が震《ふる》えてしまった。

先生の言葉は本心だろう。そして、決して悪気があって言ったのではないこともわかっている。

でもそのありきたりな言葉が神経を逆なでした。

「次のチャンスって、いつですか！」

「つ、次はいつ？　えっと……」

笹木《ささき》先生は驚《おどろ》いた様子で繰《く》り返《かえ》すと……俺の目を見て、真剣《しんけん》な表情になった。

「夏目《なつめ》。夏休み、何かあったのか？」

「…………」

俺は東京での個展のことを話した。

「夏休みに縁《えん》があって、アクセクリエイターの友だちができました。二人とも俺と同じくらいの歳なのに、俺よりもずっと実践《じっせん》的な現場で闘っていました。販売《はんばい》実績で競《きそ》い合《あ》って、厳しい指導者が鋭《するど》い指摘《してき》をくれて……こういう言い方は一緒《いっしょ》にやってくれてる日葵《ひまり》に申し訳ないけど、俺たちがやってることなんてただのママゴトみたいに思ってしまったんです……」

俺の目に思《おも》い浮《う》かぶのは——あの東京の個展、二日めのことだ。

榎本《えのもと》さんに送り出されて、俺はアクセを完売するつもりで挑《いど》んだ。自信があった。前日、早《さ》苗《なえ》さんの技術を盗《ぬす》んで販売《はんばい》できたペチュニアのアクセが、離れても俺を勇気づけてくれた。

俺はクリエイターとして上にいける。

天馬《てんま》くんたちに対等の仲間だと思ってもらえる。


——でも、一個も売れなかった。


全力でやった。

早《さ》苗《なえ》さんに頭を下げてアドバイスをもらいながら、何度もお客さんに声をかけた。でも、誰《だれ》も見向きもしてくれなかった。

そして結果を出せずに終わった。

本当に悔《くや》しかったのは、売れなかったことじゃない。

天馬《てんま》くんたちが優《やさ》しすぎたことだ。

個展の後、打ち上げに誘《さそ》ってくれた。俺の頑張《がんば》りを褒《ほ》めてくれた。一個も売れなかった俺のことを「仲間だ」って言ってくれた。

でも、俺は素直《すなお》にうなずけなかった。心の中では、天馬《てんま》くんが優《やさ》しいから、早苗《さなえ》さんが大人だからそう言ってくれてるだけだって疑いが消えなかった。

本当の絆《きずな》は、対等な立場でしか生まれない。

それは俺と日葵《ひまり》が、この数か月で何度も繰《く》り返《かえ》してきたことだ。

天馬《てんま》くんたちが本心からそう思ってくれていたとしても、俺は自分が彼らにふさわしいとは思えないんだ。

「俺のことを仲間だって言ってくれた人たちがどんどん先に進んでいくのに、俺はいつ走り始めればいいんですか！　この田舎《いなか》じゃ、一回一回が貴重なチャンスなんだ！　やらなきゃいけないこと、乗《の》り越《こ》えなきゃいけないことは山ほどあるのに、俺はいつまでここで準備運動してればいいんですか！」

なんで部活はいいんだ？

なんで勉強はいいんだ？

目標に向かって進んでいくことは美しいという癖《くせ》に、決まった枠《わく》から外れたやつにはその理論を除外する。そんなの卑怯《ひきょう》じゃないか。

高校生が資金を稼《かせ》いでいるのが、そんなに悪いのか？

クリエイターとして腕《うで》を磨《みが》くにはお金がかかる。花を育てるための費用、設備、アクセのパーツ、制作の器材……それらを全部、自分で賄《まかな》わなければならないんだ。

遊ぶ金欲しさのアルバイトは許されるのに、俺が腕《うで》を磨《みが》くために資金を稼《かせ》ぐのはダメなのか？　両親と仲がよくてお金を出してもらえる人じゃなきゃ、夢を追っちゃいけないのか？

俺は笹木《ささき》先生のシャツの裾《すそ》を摑《つか》んで、思わず叫《さけ》んでいた。

「みんなから認められるクリエイターになりたいっていう俺の目標は、そんなに嫌《きら》われなきゃいけないことなんですか⁉」

「…………」

先生は黙《だま》って、口の中で飴《あめ》を転がしていた。

俺は自分の言葉が我儘《わがまま》なものだとわかっている。でも後悔《こうかい》はしない。俺が自分に自信を持たずに、誰《だれ》が俺のアクセを素晴《すば》らしいと認めてくれるっていうんだ。

笹木《ささき》先生はやがて大きなため息をつくと、静かに告げた。

「明日、また呼ぶ。そのときまで待機」

「で、でも……」

ジロッと迫力《はくりょく》ある目で睨《にら》みつけられて、うっと口ごもる。

笹木《ささき》先生に促《うなが》されて、俺は指導室を後にした。

♣♣♣

指導室から出て、教室に向かった。

日葵《ひまり》、もう戻《もど》ってるかな。そう思っていると、ちょうど向こうから日葵《ひまり》がブンブン手を振《ふ》りながら走ってくる。

「悠宇《ゆう》、大変だったね！」

「あ、日葵《ひまり》。何か聞いた？」

「顧問《こもん》の先生から聞いた！　文化祭の販売会《はんばいかい》、ダメって言われたの？」

「……まあ、うん」

先日のアクセの返品騒動《そうどう》のせいで、教職員から反対意見が出ている。明日の職員会議で対応は決まるけど、たぶん絶望的。

改めてその話をすると、日葵《ひまり》はぶーっと唇《くちびる》を尖《とが》らせた。

「過ぎたことをいつまでもネチネチと、大人げないよなー」

「まあ、学校側の言い分も、理解できるっちゃできるんだけど……」

理解はできるが、納得《なっとく》はできない。

多数のために少数の意思を押《お》さえつけるのが当然だとしても、その少数派に回らされた人間が快く思うはずはないんだ。よかった。安心した。やっぱり日葵《ひまり》も同じ意見だったようだ。

俺がそう安堵《あんど》していると、予想外のことが起こった。

日葵《ひまり》が空っぽの弁当箱のポーチを振《ふ》りながら、何気ない様子で言った。

「ま、ダメだったときは、普通《ふつう》に文化祭楽しもうよ。販売会もこれっきりってわけじゃないんだからさー」

「…………え？」

それは、さっきの笹木《ささき》先生の何気ない言葉と同じだった。

俺が聞き返すと、日葵《ひまり》が首を傾《かし》げた。

「悠宇《ゆう》、どったの？」

「あ、いや……おまえから、そういう風に言われると思ってなかった」

「アハハ。むしろ何て言うと思ったし」

日葵《ひまり》が俺の背中をぺしぺしと叩《たた》いた。

そこでようやく気付いた。あ、これは俺を励《はげ》まそうとしてくれてるんだなって。さっきの笹《ささ》木《き》先生と同じで、明るく振《ふ》る舞《ま》っているだけだ。

日葵《ひまり》だって販売会《はんばいかい》の中止は許せないはずだ。でも自分まで怒《おこ》ってちゃダメだ、自分は冷静になってなきゃいけないとか、そんな感じで。

「どうにか販売会《はんばいかい》できないかな。園芸部としてじゃなくて、こう、体育館裏で、とか……」

「何そのイケナイお薬売る人みたいなノリ⁉　そんなことしちゃダメだよ⁉」

「文化祭にはたくさんの来賓《らいひん》もくるし、販売《はんばい》の経験を積むチャンスが……」

「でも勝手にやっちゃダメだよ。学校の敷地《しきち》内で勝手なことしたら、それこそ退学にされちゃうよ？」

その正論に、ついイラッとした。

「そんときは、そんときだろ！　学校に通ってるうちはアクセ販売《はんばい》したらダメって言われるんなら、いっそやめたほうが……」

「ゆ、悠宇《ゆう》？　ちょっと落ち着いて？」

日葵《ひまり》が正面に回り込んで、両手で俺のほっぺたを挟《はさ》んだ。

むぎゅっとアヒルみたいな口になりながら、俺はその顔を真正面から見つめる。……そこでようやく気付いた。

（あ、日葵《ひまり》。もしかしてマジで言ってる……？）

俺を励《はげ》ますとかじゃなくて、単純に俺の言ってることに賛同していない。

そのことが、ズンッと胸にのしかかった。急に日葵《ひまり》に見られるのが怖《こわ》くなった。目の前にいる日葵《ひまり》が、なぜか、知らない人のように見えた。

日葵《ひまり》は真剣《しんけん》な顔で言う。

「ねえ、悠宇《ゆう》？　ちゃんと考えて？　そりゃ文化祭の販売会《はんばいかい》がダメって言われたのはショックだけど、だからってヤケクソになることじゃないよ?」

「や、やけくそって、俺はそんなつもりじゃ……」

「なってる。悠宇《ゆう》、自分が変なこと言ってるの気づかない?」

「変じゃないだろ! 俺はみんなから認められるクリエイターになるために、少しでも多く経験を積まなきゃいけないんだよ!」

「もちろん、それは大事だよ! でも、それを大義名分にして好き勝手にしていいってわけじゃない。まして学校をやめるなんて、それは逃げだよ!」

その一言が、グサッと胸に突《つ》き刺《さ》さる。

いや、そんなこと、これまで咲姉《さくねえ》さんから散々、言われてきた。自分の夢を達成できる人もいれば、人生は失敗することもある。むしろ後者のほうが多い。

厄介《やっかい》なのは、ゲームと違《ちが》って、人生は失敗した後も続くってことだ。失敗した後、それでも生きていくためには予備のプランが要《い》る。日葵《ひまり》や雲雀《ひばり》さんもそれをわかっているから、俺に高校に進学することを勧《すす》めた。

(でも、俺は今、こんなに夢へ進みたくてしょうがない……)

これまで『自分の店を持つ』ってぼんやりした理想を夢見て、道しるべもなく歩んできた。真っ暗な道を、日葵《ひまり》の手の温《ぬく》みだけを支えに、ゴールもわからない道を進んでいた。

それでも満足できたのは、その道には他に誰《だれ》もいなかったから。

でもそれは勘違《かんちが》いだった。

俺が見ようとしなかっただけで、俺たちと同じ道を進んでいる人たちは確かにいた。

そして何の因果か——天馬《てんま》くんと早苗《さなえ》さんと出会った。

この真っ暗な道を、彼らは自分たちで灯《あか》りを照らしながら歩いている。

俺は東京で、その天馬《てんま》くんたちから灯《ひ》を受け取った。

真っ暗な道が照らされて、俺の進むべき方向が急に見えたような気がしたんだ。

その道の向こうに、天馬《てんま》くんたちが進む背中が見える。

でも俺の持つ灯《ひ》は儚《はかな》くて、弱々しくて、まるで聖夜に灯《とも》るマッチのように小さくて。

消える前に、何とか追いつかなきゃいけない。

今、走り出さないと間に合わない。

そんな焦燥《しょうそう》感だけが胸にある。

あるのに……他の全部が、俺の足を引き留めるのがもどかしい。

俺が黙《だま》っていると、日葵《ひまり》が語気を強めた。

「悠宇《ゆう》の目標は何？　この前、アタシに言ったじゃん。みんなから求められるクリエイターになりたいって。それは嘘《うそ》じゃないよね？」

「嘘《うそ》なわけあるもんか。そのために俺は、文化祭の販売会《はんばいかい》で経験値を積みたいって言ってるんだ」

「でもそれは最終目標だよね？　今、目の前にある文化祭で販売会《はんばいかい》をするっていう目標は、そのために絶対に必要なのかな？」

「ひ、必要だろ。なんでそんなこと言うんだよ……？」

日葵《ひまり》は明るく微笑《ほほえ》んで、俺の手を握《にぎ》った。

「ね、悠宇《ゆう》？　前にアタシが言ったこと覚えてる？　アタシが大学、県外行こうって思ってるってやつ」

「……うん。覚えてるけど」

日葵《ひまり》は俺たちの活動のために、もっと本格的に勉強がしたいって言ってた。俺は驚《おどろ》いたけど……でも、日葵《ひまり》が決めたことならいいかって思ってた。

でも日葵《ひまり》は、さらに驚《おどろ》くことを言った。

「悠宇《ゆう》も一緒《いっしょ》に、しばらく経営の勉強とかに専念しない？」

「……え？」

俺が聞き返すと、慌《あわ》てて補足する。

「もちろん、これまで通りの活動はするよ？　でもアクセのほうは『維持《いじ》』ってスタンスでさ。まず足場を固めていくの大事だよなーって思ってさ」

「な、なんで、いきなり？」

日葵《ひまり》はどや顔で答えた。

「夏休みにえのっちのお店でバイトしてるとき、えのっちママからたくさん話を聞いたんだよねー。あのお店を持つまでの経緯《けいい》とか、そのための色んなアドバイスとかさ。その中で、すっごく納得《なっとく》しちゃった話があってさー」

「う、うん……」

「えのっちママって、大卒後は百貨店に勤めてたんだって。ほら、今は大きなスーパーになっちゃったけど、アタシたちが生まれる前にあったらしいじゃん？　いやー、意外……でもないかな？　とにかく正社員の肩書《かたがき》があると、店を出そうってなって銀行から融資《ゆうし》受けるときに有利だし……」

そしてニコッと裏のない笑顔《えがお》で言った。

「もし夢がダメになっても、全然ＯＫだよね。他の仕事に就《つ》いて、オフの日は仲よくデートしたり？　お兄ちゃんのお世話は大変かもだけど、きっと仲良くやれるよね」

そして何を思ったか、ハッとして急に頰《ほお》を染めた。

両手の指を絡《から》めながら「えー、どっしよっかなー？　言っちゃおっかなー？」って感じで照れまくりながら、上目《うわめ》遣《づか》いに俺の顔を見る。

「生活さえ安定してれば、アタシも安心して『まだ30になってないけどアタシにしとこ？』って言えるもんね？」

「…………」

日葵《ひまり》が「きゃー、言っちゃった☆」って感じでハシャいでいる。

でも俺はそれにすぐ返せなかった。

その言葉が、気持ち悪かった。

夢がダメになったとき？

つまり、俺が天馬《てんま》くんたちみたいなクリエイターになれなかったらってことだろ？

……日葵《ひまり》は、それを本気で言ってるのか？

気が付けば、俺は日葵《ひまり》から一歩、距離《きょり》を取っていた。

「いや、何を言ってんだよ……」

「え？」

今度は日葵《ひまり》が、驚《おどろ》いた様子で我に返った。

そして自分の発言を思い返したのか、湯気が出そうなくらい顔を真っ赤にして慌《あわ》てる。

「あ、そうだよね？　さすがにまだ付き合って一か月も経《た》ってないのに、気が早すぎ？　アハハー、ゴメンなー。アタシ、そういうとこあるからなーっ！　今のナシ！　ナシね！」

たはーっと誤魔化《ごまか》そうとしていた日葵《ひまり》が「あれ？」と気づいた。

俺と温度差があることに気づくと、恐《おそ》る恐《おそ》るという感じで聞き返した。

「ゆ、悠宇《ゆう》？　なんか怒《おこ》ってる？」

俺は少しだけ迷って……でも言うことにした。いや、そんな冷静じゃなかった。止めようとしたときには、言葉が出ていた。

「いや、そりゃ俺もそうなれたらいいなって思ってるけどさ。でもそういうのは、まず俺たちの夢を叶《かな》えてからだろ？」

「…………」

その言葉で、今度は日葵《ひまり》が気付いた。

俺の制服の袖《そで》を摑《つか》んで、ぐいぐいと引き寄せる。

「じゃあ、悠宇《ゆう》は何のために夢を追うの？」

「え……？」

その目は必死だった。

何か決定的に掛《か》け違《ちが》えたものを、取りこぼすまいと必死だった。さっきまでの幸せ桃色《ももいろ》人生計画の雰囲気《ふんいき》は鳴りを潜《ひそ》め、俺にぐぐっと詰《つ》め寄《よ》った。

「何のため？　ねえ、言って？」

「何のためって……」

「アタシと幸せになるためじゃないの？　だから五月のときも、夢を捨ててでもアタシについてくるって言ってくれたんじゃないの……？」

「そ、それは……」

あれ？

その言葉に、はたと思い返す。確かに俺は、五月のあのとき——日葵《ひまり》が芸能事務所に行くと言って、それについていこうと決めたときだ。

俺は確かに、アクセよりも日葵《ひまり》を選んだはずだった。

その気持ちは変わらない。

だから榎本《えのもと》さんの気持ちを無下にしても、俺は日葵《ひまり》を選んだはずだ。

でも今、俺は——。

「悠宇《ゆう》、どうしちゃったの？」

「…………」

日葵《ひまり》の震《ふる》える声が胸を締《し》め付《つ》ける。

急に何かが怖《こわ》くなった。何だ？　よくわかんないけど、まるで俺が俺でなくなったかのような感覚だった。

「……ゴメン。ちょっと一人にして」

俺は日葵《ひまり》の手を振《ふ》りほどいた。

そして昼休み終了のチャイムが鳴る中、教室とは別方向へと走った。

♣♣♣

翌日。古文の授業中。

お爺《じい》ちゃん先生が板書の手を止めて聞いた。

「二人とも、今日はどうしたのかね～？」

その視線は、俺と日葵《ひまり》に向けられている。俺たちは無言で顔を見合わせて……なんとなく目を逸《そ》らした。

「いえ……」

「別に何でも……」

お爺《じい》ちゃん先生が首を傾《かし》げる。

「きみたち。いつも仲がよすぎるのはよくないけど、静かすぎるのも考えものだね～」

「す、すみません……」

なんで静かに授業を受けてるだけで注意されるんだ。理不尽《りふじん》すぎる……。

向こうの女子たちが「もう破局？」「ヤバくない？」「大親友（笑）も夏の魔物《まもの》には勝てなかったか～」……ってうるさいよ。授業中はみんな静かにしてるんだからヒソヒソ話には向かないでしょ！　マジで勘弁《かんべん》してください！

日葵《ひまり》をチラッと窺《うかが》った。

向こうもまったく同じタイミングで俺を見て、そして同時に目を逸《そ》らした。

いや、別に破局とかじゃないし……。

ただ何ていうか、こう、音楽性の違《ちが》い？　みたいなもん？

スマホを開いても、日葵《ひまり》からのメッセージはなし。

再び日葵《ひまり》をチラッ。

またもや日葵《ひまり》と目が合って、慌《あわ》てて逸《そ》らした。

（謝るっていうのも違《ちが》うし、いや、確かに俺も変なスイッチ入ってたかもだけど……）

冷静になれば、日葵《ひまり》の言うことも尤《もっと》もだと思……わないこともない。

夢が叶《かな》うほうが少ないんだし、その予備プランが必要ってのはわかる。

でも、それってあくまで理想論じゃね？

夢を叶《かな》えるためには、時間が必要だ。俺は天才じゃないし、これまでだって、やった分だけうまくなってきたんだ。結果として、技術面なら天馬《てんま》くんたちにも一目置かれるくらいになれた。

これからしばらく――日葵《ひまり》と一緒《いっしょ》に大学に進学してまで勉強に専念するのが、本当に俺の幸せになるのか？

たとえ日葵《ひまり》と幸せな人生を送れたとして、俺はそれで満足なのか？

（……そんなの、やってみなきゃわかんねえよ）

人生にスペアがあればいいのに。

一回、日葵《ひまり》の言うとおりにやってみて……ダメだったらやり直せる的なやつ。

そこで授業終了《しゅうりょう》のチャイムが鳴った。

「今日はここまでにしようかね～」

お爺《じい》ちゃん先生の言葉で、昼休みになった。

日葵《ひまり》は……あ、もういねえ。あいつ、気まずいときの逃《に》げ足《あし》の速さヤバいよな。たぶん雲雀《ひばり》さんとの生活で鍛《きた》えられたもんなんだろうなってのは想像できちゃうけど……。

俺はどうしようかな。

いや、考えるまでもない。科学室に直行だ。てか、このクラスメイトたちのジロジロ視線の中で昼飯食べるとか無理。針の筵《むしろ》ってこういう状況《じょうきょう》のこと言うんだろうな……。

とか思っていると、校内放送が鳴った。

『二年、夏目《なつめ》。指導室へ』

……笹木《ささき》先生、相変わらず素気《そっけ》ねえ。

この昼休みの喧騒《けんそう》の中だと、聞《き》き逃《のが》す生徒いるだろ。まあ、聞こえたからいいけど。

俺は教室を出て、指導室に向かった。

……これたぶん、職員会議の結果を通達されるやつだろうな。マジで気が重いし、胃がキリキリする。

死刑《しけい》宣告のために自分で歩いていくとか、何の罰《ばつ》ゲームだよ。本当に道徳を重んじる日本なのか？

余計な思考ばかり捗《はかど》りながら到着《とうちゃく》すると、さっそく入室した。

「失礼します……」

おっと、入ってびっくりした。

笹木《ささき》先生だけかと思ったら、教頭先生もいる。眉間《みけん》のしわがヤバくて、昨日よりも不機嫌《ふきげん》そうだ。

笹木《ささき》先生が、俺をソファに促《うなが》した。

「おう、夏目《なつめ》。座れ」

「は、はい……」

何だ？　なんで教頭先生も？

死刑《しけい》宣告だけだし、笹木《ささき》先生だけでもいいんじゃ……あ、もしかして俺が泣くところを見にきたとか？　ちょっと性格悪すぎせんかねえ。

俺がうんざりしながら座ると、笹木《ささき》先生が重々しく語り出した。

「昨日も言った通り、職員たちの朝礼で、園芸部の文化祭参加の件が話し合われた」

「は、はい……」

「一晩考えて、夏目《なつめ》はどう思っている？」

「………………」

改めて聞かれて、俺は拳《こぶし》を握《にぎ》った。

昨日の日葵《ひまり》の言葉を思い返す。ここで先生たちに睨《にら》まれて、いったい何になる？　日葵《ひまり》たちからすれば『たったの一回』に固執《こしつ》して、高校生活を棒に振《ふ》ることはない。

でも、それでも俺は……。

「……俺はアクセの販売会《はんばいかい》、やりたいです」

教頭先生が舌打ちした。

いや、俺が悪いんだけど、ちょっと露骨《ろこつ》すぎない？　この人、普段《ふだん》から厳しそうだけど、今日は一段と怖《こわ》いな。それ生徒の前でやっていいやつなの？

俺がガクガク震《ふる》えていると……あれ？

なぜか笹木《ささき》先生が、にやっと笑っていた。そのまなざしは、どこか優《やさ》しげだ。

「夏目《なつめ》。前回の騒動《そうどう》のときのこと、反省しているか？」

「……はい。生徒に売ったこと、俺の脇《わき》が甘かったです」

「じゃあ、なぜまたやりたがる？　校内で販売《はんばい》しないことをおれと約束したよな？」

「はい。なので今回は、自分の利益のためじゃありません。部の予算の範囲《はんい》内でやりますし、収益はボランティア団体に寄付することになっています。前回と状況《じょうきょう》は違《ちが》うはずです」

俺は先生たちを、まっすぐ見つめた。

「俺は、将来、みんなから認められるアクセクリエイターになるために、自分の経験値を積むことを目的として販売会《はんばいかい》に取り組みます。土地柄《がら》、大勢の顧客《こきやく》と対面で接するチャンスを得ることは貴重です。ですから、どうか販売会《はんばいかい》をやらせてください。お願いします！」

「…………」

笹木《ささき》先生はしばらく黙《だま》っていたが……やがて教頭先生に目配せした。

「……と、いうことです。意外に夏目《なつめ》は頑固者《がんこもの》でして」

「……何を自慢《じまん》げに言ってるんだね。まったく、きみの学生の頃《ころ》を彷彿《ほうふつ》とさせるよ」

その教頭先生は、ハアッとため息をついた。そして笹木《ささき》先生に「わかった。きみが責任を持ちなさい」と言った。

何だ？　と思っていると、笹木《ささき》先生がパンッと膝《ひざ》を叩《たた》いた。

「夏目《なつめ》。おまえはそう言うと思った！」

「は、はあ……え？」

「おまえの意図はわかった。そして対策を講じようという意思も見える。だが、それでも余計な火種が生まれることはあり得る。わかるな？」

「は、はい。それは……」

「その対策はあるのか？」

「え？　あ、いや……」

俺が言葉に詰まっていると、笹木《ささき》先生は「早く答えろ」と促《うなが》してくる。俺を糾弾《きゅうだん》している形なのに、なぜか笹木《ささき》先生は楽しげだった。

「す、すみません。思いつかないです」

「かあーっ。それじゃ、学校側が納得《なっとく》できるわけないだろ！」

「そ、そうですよね。じゃあ、やっぱり販売会《はんばいかい》は……」

やっぱり駄目《だめ》だったのか。

俺が諦《あきら》めモードになりかけていると、笹木《ささき》先生が笑った。

「そこで、おれがその打開策を出してやる。心して聞け」

「え……」

その言葉の意味をしばらく考えて……俺はテーブルに身体《からだ》を乗り出した。

「販売会《はんばいかい》、やっていいんですか⁉」

「あー、あー。話を最後まで聞け。あくまで、学校側の出す条件をクリア出来たら、だ」

「す、すみません！」

慌《あわ》てて座り直した。

落ち着け。まだ了承《りょうしょう》ってわけじゃないんだ。いったい、どんな鬼《おに》のような条件を……あ、教頭先生、面倒《めんどう》くさそうに耳の穴に小指を突《つ》っ込んでる。

笹木《ささき》先生が問いかけてくる。

「前回の騒動《そうどう》の大きな原因は何だった？」

「え？　それは、えっと、……校内でアクセを売ってたこと？」

「それもあるが、それは火と油で言えば、火のほうだ。あくまで出火元であり、燃え広がった要因は他にある。なぜあの騒動《そうどう》が大事《おおごと》になったのかという根本的な原因は……俺はアクセサリーの価格だと考えている」

「……あっ」

そうだ。

あのとき、俺のアクセを買ったと知った保護者は……生徒の手作りアクセに、市販品《しはんひん》よりもずっと高い価格がついていたことで驚《おどろ》いたんだ。

「なので、夏目《なつめ》には、この問題点をクリアしてもらう。そうすれば学校側に保護者から再クレームがきたとき『改善に取り組みました』という返答ができるからな」

「な、なるほど。でも、それって屁理《へり》く……」

「販売会《はんばいかい》、やりたくないのか？」

「やりたいですっ!!」

うっかり余計な口を滑《すべ》らせるところだった。……これはアレだな。日葵《ひまり》との付き合いの悪い面が出ている。

「それで、条件とは……？」

俺はごくりと喉《のど》を鳴らした。

笹木《ささき》先生は左手を広げて見せた。「なんだ？　じゃんけん？」と俺が戸惑《とまど》っていると……笹《ささ》木《き》先生がにやっと笑った。

「アクセサリー、一つ500円まで。その販売計画書が提出できれば、今回の文化祭でのアクセサリー販売会《はんばいかい》を許可する」

「……っ⁉」

俺は目を剝《む》いた。

アクセサリー、一つ500円まで。

その言葉が意味するものは……。

「教頭先生。そちらでよろしいですね？」

「……いいでしょう。まあ、できれば、の話だがね」

笹木《ささき》先生の言葉にうなずくと、教頭先生が立ち上がった。

俺を一瞥《いちべつ》すると「志が高すぎる生徒というのも、扱《あつか》いに困る」と言い捨てて指導室を出て行ってしまった。

教頭先生がいなくなった後、俺はソファに身体《からだ》を沈《しず》めた。どっと緊張《きんちょう》が緩《ゆる》んで、同時に途方《とほう》もない絶望感が襲《おそ》ってくる。

今、笹木《ささき》先生が言った条件を復唱した。

「アクセサリー、一つ500円まで……」

笹木《ささき》先生が胸ポケットからチュッパチャップスを抜《ぬ》いてカラカラ笑う。

「難しいか？」

「……絶望的です」

フラワーアクセ、単価500円。

それはつまり、普段《ふだん》の〝you〟の販売《はんばい》価格の――四分の一、下手をすれば十分の一以下の低価格で設定することになる。

そんな設定をすれば、収益はボランティア団体に寄付とかいう以前に、そもそも材料費も回収できるか怪《あや》しい。売れば売るほど大赤字になるやつだ。

笹木《ささき》先生が笑った。

「そもそも文化祭の出店など、このくらいだろう？」

「うっ……」

それはそうだ。

中学のときの文化祭だって、この価格帯で販売《はんばい》していた。それでも高いと突《つ》っぱねられることが多かったのだ。食べ物などとの違《ちが》いはあるだろうが、笹木《ささき》先生の言い分も尤《もっと》もだった。

「それに経験値を積むんだろう？　このくらいはクリアせんと、将来はもっと大変な案件ばかりだぞ」

「……それは、そうですね」

俺は思い直した。

せっかくチャンスが巡《めぐ》ってきたのに、そんな弱気でどうする？

「販売《はんばい》計画書、すぐに作ります」

「おう」

笹木《ささき》先生は、俺の肩《かた》をバシッと叩《たた》いた。活を入れてくれてるのはわかるんだけど、めっちゃ痛い……。

こうして俺は首の皮一枚つながった。

◇◇◇

悠宇《ゆう》のことなんて知らないもん。べぇーっ！

昼休み。アタシはえのっちのクラスでランチと洒落込《しゃれこ》んでいた。

今日の話題は……もちろん、悠宇《ゆう》の移り気！

「てかさー、ほんとヒドくない⁉　アタシがこんなに悠宇《ゆう》のこと考えてるのに、昨日から拗《す》ねちゃって口利《くちき》かないんだよーっ！」

「えー。夏目氏《なつめ》、えぐーい」

「それって女は仕事に口出すなってことー？　拙者《せっしゃ》、ドン引きー」

えのっちフレンズの眼鏡ちゃんと三つ編みちゃんが、アタシに同意してくれる。

いやー、やっぱ話のわかる女の子たちは違《ちが》うよなー。二人とも可愛《かわい》いし、ここはアタシの楽園だったのかなー。アタシの荒《すさ》んだ心が洗い流されていくようだよー。

（あ、でもコレ、旦那《だんな》の仕事中に奥様《おくさま》会で愚痴《ぐち》りまくる若奥様《わかおくさま》っぽい。いいかも♡）

ウフフフと悦《えつ》に浸《ひた》っていると、アタシを膝《ひざ》に乗っけたえのっちが嫌《いや》そうに言った。

「……ひーちゃん。どいて」

「やだ」

「どいて」

「このスベスベモチモチの太ももの感触《かんしょく》を経験しちゃったら……病《や》みつき♡」

「……………💢」

調子に乗ってえのっちの太ももをスリスリしていたら、ぐわしっと頭を摑《つか》まれた。

「もぎゃあああああああああああ……っ⁉」

「今日こそ滅《めっ》する……っ！」

えのっちフレンズが「犬塚《いぬづか》さんも懲《こ》りんねえ」「むしろ成敗されたくてやってる節ない？」

と冷静に分析《ぶんせき》している。

強制的に膝《ひざ》から下ろされたアタシは、ぶーぶーと抗議《こうぎ》した。

「えのっちだって嬉《うれ》しいくせにー」

「…………」

えのっちが無言で右手をワキワキしたので、アタシは黙《だま》った。さすがに二度はキツい。命に関わる可能性すらある。

「……ん？」

スマホのバイブが鳴った。

あ、悠宇《ゆう》からラインじゃん！　んふふー。とうとうアタシに謝るつもりになったのかなー。

なんだかんだ言って、アタシのこと好きすぎ……ありゃ？

「ひーちゃん、どうしたの？」

「…………」

アタシはそのメッセージを読んで、小さくため息をついた。えのっちに寄りかかりながら、ぶーっと文句を垂れる。

「……悠宇《ゆう》。高校の間はアタシのこと優先するって言ってたくせに」

そこには、笹木《ささき》先生から条件付きでアクセ販売会《はんばいかい》の許可が下りたこと、その計画書づくりのためにしばらくアクセに専念することの二つが書かれていた。

「ゆーくんのアクセ病なんて、いつものことじゃん」

「ああっ!? えのっち、自分だけわかってる風のコメントむかつくーっ!」

「だってほんとのことだし」

そう言って、しらっとした顔でお弁当のプチトマトを口に放り込んだ。……この子、いつもお弁当にプチトマト入ってるな。もしやこの存在感メガトン級のバスト、トマトのおかげなのか? 大事なのはリコピンなのか? 血液サラサラが乳を育てるのか?

生命の神秘にうーんと頭をひねっていると、えのっちが言った。

「そもそも、ひーちゃんって、ゆーくんのどこが好きなの?」

「え……」

アタシは頬《ほお》に手をあてて「きゃっ☆」とウザ照れる美少女のポーズを取った。

「そりゃ顔でしょー? あと優《やさ》しいしー? まあ、ちょっとお調子に乗っちゃう悪い癖《くせ》はあるけどさー? 人間なんて欠陥《けっかん》だらけなんだから問題ないよねー? あと二《に》の腕《うで》のところ、意外にがっしりしてて男の子だなーって思っちゃうしー? あっ! あと最近、無防備な鎖骨《さこつ》にエロスを感じることも……」

「そういう冗談《じょうだん》いいから」

冗談《じょうだん》って切り捨てられた!?

アタシはうがーっと抗議《こうぎ》した。

「えのっち、ヒドい! 自分だって悠宇《ゆう》のこと好きだったくせに!」

「わたしはもう友だちだもん」

ツーンとそっぽを向かれてしまった。

このクールな切り返し……もしかして、ほんとにもう悠宇《ゆう》のこと何とも思ってないのかな？　まだ未練あるんじゃやって思ってたんだけど……んんー？

「……ねえ、えのっち。東京で、悠宇《ゆう》と何があったの？」

アタシがそっと斬《き》り込んだ。

えのっちフレンズの二人が、ドキッとして息を潜《ひそ》める。……あ、いかん。思ったよりガチな雰囲気《ふんいき》が出ちゃってたらしい。

でもえのっち本人は、いたって平静な感じで答えた。

「別に。ゆーくんみたいな本気の趣味を持ってる人、一緒にいるの疲れるなーって思っただけ」

「…………」

その答えに、アタシは妙《みょう》に納得《なっとく》してしまった。

確かに悠宇《ゆう》は、一緒《いっしょ》にいて疲《つか》れちゃうかもしれない。悠宇《ゆう》がアクセに本気であればあるほど、同じ速度で走らなきゃいけなくなるから。

悠宇《ゆう》は東京でクリエイターの友だちができたらしいし、きっとそのことばっかりだったんだろうな。

アタシは両手で頬杖《ほおづえ》をつくと、素っ気ない風に応えた。

「そっ」

それでおしまい。

えのっちフレンズがホッとした様子で、再びランチの空気に戻《もど》った。お弁当を食べながら、さっき問いかけられたことを考える。

(悠宇《ゆう》の好きなところかー……)

……あれ？

アタシ、なんで悠宇《ゆう》のこと好きなんだっけ？

いやいや。待て待て待て。さすがにそこまで色ボケしておらんぞ。アタシは悠宇《ゆう》の、えっと、アクセが綺麗《きれい》で、えーっと、アクセに一生懸命《いっしょうけんめい》なところが……ああ、そうだ。


——アタシ、アクセから悠宇《ゆう》の情熱の瞳《ひとみ》を奪《うば》い取《と》りたかったんだ。


お花アクセよりも自分を見てほしいって。

だからアタシ、夏休みのあの日……ヒマワリ畑で、悠宇《ゆう》を奪《うば》った。

あれ？

じゃあ、今の状況《じょうきょう》って何だろ？

アタシは悠宇《ゆう》のカノジョだし、悠宇《ゆう》と一緒《いっしょ》に夢を追う同志だし……同志？

悠宇《ゆう》がアクセに一生懸命《いっしょうけんめい》で、文化祭で販売会《はんばいかい》をしたいって言ってるのに、アタシはそれより文化祭で思い出作りしようって……アレアレ？

「ひーちゃん？」

「……っ⁉」

えのっちが心配そうにこっちを見ていた。

「ひーちゃん。顔色、悪いけど」

「あ、えっと……」

アタシはヨーグルッペを取り出すと、それにストローを挿《さ》してちゅーっと飲んだ。乳酸菌《にゅうさんきん》がアタシをクールにしてくれる。

ただ身体《からだ》の芯《しん》から冷えるような感覚は消えず、首元のニリンソウのリングを握《にぎ》りしめていた。

——あれ？

## Epilogue

# きみに残る棘

放課後。

ちょっとだけ吹奏楽《すいそうがく》部に顔を出して、わたしは科学室へ向かった。しーくんが変な約束をさせたせいで、アクセ制作の間はゆーくんと一緒《いっしょ》にいなきゃいけない。

（ひーちゃん、なんで昔からああなんだろ……）

文化祭を一緒《いっしょ》に回りたいとか、そんなに大事なことなのかな。

そりゃ大切な思い出作りの一つなのはわかるけど、大事なのってそこなの？

（まあ、あのくらい我が強くないと、ゆーくんとはやっていけないのかもだけど……）

わたしはもう諦《あきら》めたし、どうでもいいけど。

アクセ制作もめんどくさいなあ。なんでしーくん、あんなに変なところ頑固《がんこ》なんだろ。わたしのことなんて放っておけばいいのに。

中学の頃《ころ》の借りなんて気にしなくていいのに……。

そんなことを考えながら、わたしは科学室のドアを開けた。

「こんにちは」

……あれ？

何も返事がない。誰《だれ》もいない……でも鍵《かぎ》、開いてるよね？

室内を覗《のぞ》き込むと、ゆーくんだけがいた。こっちに背中を向けて、黙々《もくもく》と何かを書いている。

無視……いや、これは悪い癖《くせ》だ。

そっと近づいて、ゆーくんの肩越《かたご》しに手元を覗《のぞ》き込む。

ゆーくんは真剣《しんけん》な顔で、ノートにシャーペンを走らせていた。左手でスマホの電卓《でんたく》をタタタッて叩《たた》きながら、何かを計算している。

ノートにはアクセ販売会《はんばいかい》の収支の試算が引いてある。

……なるほど。これが笹木《ささき》先生から言われた販売《はんばい》計画書ってやつか。

花やアクセパーツの材料費。それを切《き》り詰《つ》めていって、アクセの単価を500円以内に収めるという作業。

なるほどなあ、と感心した。

これは確かに難しい。パーツの材料費は抑えられるけど、肝心《かんじん》の花を切《き》り詰《つ》めるのが難しい。

花の材料費は、コストがそのままアクセの完成度へと直結する。品質重視のゆーくんはここが削《けず》れないから、他の部分で無理をしなきゃいけない。

でも、限度がある。

さすがに小手先の操作で、これだけの価格をカットすることはできない。何度も何度も、同じ箇所《かしょ》を削《けず》っては計算し直し、そして削《けず》っては計算をし直す。

（……こんなの適当に見繕《みつくろ》って、誤魔化《ごまか》せばいいのに）

販売業《はんばい》なんて、結局はふたを開けてみなければわからない。

希望的な予測でお茶を濁《にご》して、当日に「無理でしたー」とか言ってればいいのに。そういうのができない人なんだろうな。……特にアクセに関しては。

わたしがつい真剣《しんけん》に見ていると、ゆーくんが動きを止めた。

「だあーっ！　やっぱ無理だあーっ！」

「……っ⁉」

いきなり頭を抱《かか》えて叫《さけ》ぶもんだから、わたしはビクッとなって仰《の》け反《ぞ》った。

すると変に勢いがつきすぎて「お？」「あれ？」という間に、わたしはそこに尻《しり》もちをついた！

「えっ⁉　榎本《えのもと》さん、大丈夫《だいじょうぶ》⁉」

「……だいじょばない」

お尻《しり》、痛い。

ゆーくんが慌《あわ》てて手を貸してくれて、身体《からだ》を起こした。わたしはスカートの埃《ほこり》を払《はら》いながら、ゆーくんをじとーっと睨《にら》んだ。

「……びっくりするじゃん」

「ご、ゴメン。榎本《えのもと》さんがいるとは思わなくて……」

アハハと誤魔化《ごまか》し笑いをしながら、ゆーくんは椅子《いす》をわたしに差し出した。

それがあまりに自然な仕草だったから、つい隣《となり》に座ってしまった。座った後で「あ、ここ居《い》心地《ごこち》悪《わる》いかも」と気づいたけど……あえて別のところに座り直すのは、意識してるみたいで嫌《いや》だった。

「どのくらい材料費、削《けず》れたの？」

「あ、日葵《ひまり》から聞いた？」

「うん」

ゆーくんがノートを見せてくれた。

それによると……うーん。確かに芳《かんば》しくないなあ。材料費を抑《おさ》えるためにはアクセの制作数を少なくしなきゃいけない。でも制作数を少なくしたら、材料費が回収できない。悪い堂々《どうどう》巡《めぐ》りだ。

「他のアクセはパーツをシンプルにしたり工程を変えたりして、どうにか500円を切ったんだけど……やっぱり月下美人が抑《おさ》えられないんだよ」

月下美人の花は希少だ。それだけ他の花のアクセよりも割高になる。

わたしはため息をついた。

「最初からゆーくんのものってことで材料費0なんだから、材料費0で計算すれば？」

「そういうわけにはいかない。新木《あらき》先生が育ててくれたんだし、その分の謝礼は準備しなきゃ」

「真面目か」

「真面目だよ」

わたしたちは顔を見合わせて、何となしに笑った。

「ねえ、ゆーくん」

「何？」

「もう月下美人じゃなくていいんじゃない？」

「え……」

わたしはノートを指さしながら言った。

「他の花なら、コストをクリアできるんでしょ？　なら月下美人を諦《あきら》めればいいじゃん。主役は別の花にしようよ。しーくんの『3つの条件』を気にしてるんなら、わたしが適当に言っとくし」

「…………」

ゆーくんは黙《だま》っていた。

そのことは、手段の一つとして考えていたはず。しばらく時間をかけて熟考し直すと……小さくかぶりを振《ふ》った。

「いや、月下美人にする」

「なんで？　確かに綺麗《きれい》だけど、そんなに大事な花じゃ……」

「そんなことない。大事な花だよ」

ゆーくんはなぜか断言した。

販売計画書《はんばい》と睨《にら》めっこしながら……そんなことで勝手に材料費が下がってくれるわけじゃないのに、それでも諦《あきら》め悪く一から考え直す。

「あの月下美人の株、新木《あらき》先生から頂いたって言ったよね」

「うん」

ゆーくんはどこか遠い目になった。

そのときのことを思《おも》い浮《う》かべているんだろう。もう何年も前のことなのに、きっとゆーくんにとっては色褪《いろあ》せない鮮《あざ》やかな思い出なんだろうな。

この人にとっての一番っていうのは、そういうものなんだ。決して何者も介入《かいにゅう》できない、ゆーくんの世界だけの出来事。それを垣間見《かいまみ》ることは……きっと誰《だれ》にもできない。

「一目惚《ひとめぼ》れだった。あのときはまだ小さな株だったけど、力強くて、生命力に溢《あふ》れているような気がした。きっと美しい花を咲《さ》かせるんだって疑わなかったよ。まだ花芽もつけないときから、まだかな、まだ咲《さ》かないかなって、毎夜、先生の家に通ってずっと見ていた。……そして中学のあの日、一輪だけ花をつけたんだ」

そのときのことを思い出しているのか、ゆーくんの表情はとろんとしていた。夢を見る少年のような、あるいは好きな人を想《おも》う少女のような。

そしてわたしに笑いながら、続けて言った。

「月下美人、すごく綺麗《きれい》なんだよ。少しずつ花被《かひ》が開いていくのが、まるで月夜に美しいバレリーナが舞《ま》っているような、そんな光景なんだ。あのときの美しさをこの手で再現したくて、俺はあのブレスレットを作ったんだ」

熱に浮《う》かされたように、ゆーくんは語り続ける。

対して、わたしの気持ちは冷めていた。

(また、だ)

東京のときと同じ。

その瞳《ひとみ》はわたしを見ていない。

ただ自分の夢の先だけを見て、他のみんなを置いていくような……そんな一直線すぎる衝動《しょうどう》に、わたしはもう惑《まど》わされない。

ほんとに、わたしのことなんてどうでもいいんだから。

――と、思っていたのに。

「何よりこの花がなければ、榎本《えのもと》さんとこうして一緒《いっしょ》にアクセを作ることはできなかった。俺にとって、すごく大事な花なんだ。……だから、俺はこの月下美人を主役にしたい」

ゆーくんは、そう言った。

意識して言った感じじゃない。なんかつい、ぽろっとこぼれちゃった、って感じ。

「…………」

わたしがぽかんとしていると、ゆーくんは自分の言葉に気づいた。急に顔を真っ赤にすると、手のひらで顔を隠《かく》した。

「……あ、いや、その、今のは何ていうか」

もにょもにょと言い訳するゆーくんに、わたしはフッと笑った。

「天然タラシ発言は効きませんので」

「榎本《えのもと》さん⁉ そういうんじゃないから！」

ゆーくんは襟《えり》をバタバタさせながら、慌《あわ》ててノートに向き直った。

「と、とにかく、俺は月下美人の花もどうにか500円以内に……」

「できるよ」

わたしの言葉に、ゆーくんが「え？」と振《ふ》り返《かえ》った。

その表情は「マジで？」「嘘《うそ》でしょ？」と疑わしげだ。わたしはヤレヤレと、ノートの一点を指さした。

『制作過程に生ずる不良品ロス』

つまり花を加工する途中《とちゅう》で、必ず出てくる不良品の欄《らん》。形が悪かったりしてアクセには使えないから、商品としては販売《はんばい》できないもの。

「これを使って、５００円以内、できるよ」

「……どういうこと？」

ゆーくんの疑問に、わたしは端的《たんてき》に答えた。

「アソートってわかる？」

「えっと……お菓子《かし》だと、あれでしょ？　色んな種類のお菓子《かし》を詰《つ》め合《あ》わせたやつ」

「うん。あれって、お買い得ボックスみたいな扱《あつか》いなんだけど、なんで価格を抑《おさ》えられると思う？」

「な、なんでだろ。同時にたくさん詰《つ》めて売れるから、とか？」

「半分、正解」

わたしは「残りの半分は……」と仕組みをノートに図解する。

「あれって、価格の安い商品を多めにミックスすることで、全体の価格を抑《おさ》えられるって仕組みなんだよね。それをゆーくんのアクセにも当てはめよう」

「セット販売《はんばい》の利点はわかったけどさ。他のアクセだって材料費ギリギリなのに、それでも月下美人の材料費を帳消しにできるとは……」

「だから、セット用にはコレを使うの」

わたしはもう一度、『不良品ロス』の欄《らん》を指さした。

「この制作段階で散ったりして使えなくなった花を、セ、ッ、ト、用、の、ア、ク、セ、と、し、て、加、工、す、る、」

「……っ！」

ゆーくんは、わたしの言いたいことを理解した。

洋菓子店《ようがしてん》で、スポンジケーキの切れ端《きれはし》をパック詰《づ》めして販売《はんばい》するように。

パン屋さんで、ミミの切れ端《きれはし》に砂糖をまぶしてラスクにして販売《はんばい》するように。

散った花びらをレジンで固めて、花の材料費がほぼ0円のアクセを制作する。

「それらと月下美人のアクセを4個2000円でセット販売《はんばい》する。それなら、それぞれの単価は、5、0、0、円、以、内、だよね？」

このアソート販売《はんばい》を採用すれば——月下美人の大きな材料費を打ち消してくれる。

「榎本《えのもと》さん、すごいね！」

ゆーくんが嬉々《きき》として、わたしの手を握《にぎ》った。

わたしはビクッとして、慌《あわ》てて視線を逸《そ》らした。

「す、すごくない。普通《ふつう》だし……」

「いや、すごいよ！　俺、材料費を削《けず》ることしか考えてなくて……マイナスからプラスを生み出すっていうか、とにかくさすがって感じ！」

ゆーくんは活路を見出《みいだ》して、さっそく再計算に移った。

もうその瞳《ひとみ》はわたしを見ていなくて、また夢の先へ向かうゆーくんに戻《もど》ってしまった。

その横顔を——爛々《らんらん》と輝《かがや》く瞳《ひとみ》を見つめながら、さっきの言葉を思い出した。

『この花がなければ、榎本《えのもと》さんとこうして一緒《いっしょ》にアクセを作ることはできなかった。俺にとって、すごく大事な花なんだ』

…………。

……顔が熱い。

わたしは真っ赤になった顔を両手で覆《おお》って、もにょもにょ呟《つぶや》いた。

「……そんなこと言われたら、ほんと困る」

二番のくせに。

どうせ一番はアクセのくせに。

散々、それっぽい言葉でその気にさせて、最後には裏切るくせに。

……それでも何度でも夢を見せようとしてくるのが、ほんとズルいなって。

# あとがき

仕事とわたし、どっちが大事なの？

……って、正直かなり卑怯《ひきょう》な質問ですよね。どっちかに順位が付けられるならまだしも、どっちも同じくらい大事なものですもんね。……そうか、やはり解決は不労所得しかない。労働から解放されれば、人々は幸せになれる。印税様こそ唯一《ゆいいつ》にして最良のアンサー。

さあ、みんなライトノベル作家になろう！　電撃《でんげき》文庫の新人賞の締《し》め切《き》りは四月だから、今から書けばちょうどいいぞ！

いえ、別にお金もらってるとかじゃないです。

七菜です。思いついたこと書いてたらPRみたいになりましたね……。

ということで！　日葵《ひまり》と凛音《りおん》が結ばれる百合《ゆり》エンドに向かって着々と仕込みが進んでいる第5巻ですが、皆様《みなさま》いかがでしたでしょうか。

残念ながら今回、サブタイの路線変更《へんこう》はうまくいかなかったんですけどね。次回こそはご期待に沿えるように頑張《がんば》っていきたいと……え？　そういう悪ふざけはもういい？　……そうですね。七菜もそう思います。

さて次巻予告です。目指す理想に目が眩《くら》み、足元を見失う少年少女。再び掛《か》け違《ちが》えるボタン。美しく咲《さ》く花々。悲鳴を上げる感情。最後に笑うものは誰《だれ》なのか。果たして咲姉《さくねえ》さんのお土産《みやげ》は無事に配送されるのか。雲雀《ひばり》お兄ちゃんの出番は？

——そして何より、本当に文化祭は始まるのか⁉　乞《こ》うご期待‼

以下、謝辞です。

イラスト担当のParum先生、担当編集K様・I様、制作関係者の皆様《みなさま》、販売《はんばい》に携《たずさ》わってくださる皆様《みなさま》、今巻もありがとうございました。そして本当に申し訳ございませんでした。担当さんに秘策を……〆切《しめきり》を守れる秘策を講じて頂きましたので、おそらく次巻からは感謝だけで済むと思います。頑張《がんば》ります……。

読者の皆様《みなさま》、今巻もありがとうございました。本来はもっとご報告しないといけないこともありそうなのですが、紙面の都合上、ここまでとさせて頂きます。

それでは、またお目にかかれる日を願っております。

２０２２年７月　七菜なな

予告

「じゃあ、今の状況って何だろ？」

少しずつすれ違いを重ねていく悠宇と日葵。
ふたりの間に流れる空気はぎこちないまま、
とうとう文化祭が始まった。
そんな中、学校の『地域交流プログラム』で園芸部に
やって来た中学生の少女が、
〝you〟のアクセ販売会に波乱を巻き起こす――!?

# 男女の友情は成立する？（いや、しないっ!!）

Flag 6.

七菜なな

イラスト／Parum

電撃文庫

次巻
第6巻
近日発売予定！

## ◉七菜なな著作リスト

「男女の友情は成立する？（いや、しないっ!!）
Flag 1. じゃあ、30になっても独身だったらアタシにしときなよ？」（電撃文庫）
「男女の友情は成立する？（いや、しないっ!!）
Flag 2. じゃあ、ほんとにアタシと付き合っちゃう？」（同）
「男女の友情は成立する？（いや、しないっ!!）
Flag 3. じゃあ、ずっとアタシだけ見てくれる？」（同）
「男女の友情は成立する？（いや、しないっ!!）
Flag 4. でも、わたしたち親友だよね？〈上〉」（同）
「男女の友情は成立する？（いや、しないっ!!）
Flag 4. でも、わたしたち親友だよね？〈下〉」（同）
「男女の友情は成立する？（いや、しないっ!!）
Flag 5. じゃあ、まだ30になってないけどアタシにしとこ？」（同）
「四畳半開拓日記01～04」（単行本　電撃の新文芸）

## 本書に対するご意見、ご感想をお寄せください。


ファンレターあて先
〒 102-8177　東京都千代田区富士見 2-13-3
電撃文庫編集部
「七菜なな先生」係
「Parum 先生」係





本書は書き下ろしです。

電撃文庫

男女《だんじょ》の友情《ゆうじょう》は成立《せいりつ》する?(いや、しないっ!!)

Flag 5. じゃあ、まだ30になってないけどアタシにしとこ?

七菜《なな》なな《な》

2022年8月10日　初版発行

発行者　青柳昌行
発行　株式会社KADOKAWA
〒102-8177　東京都千代田区富士見2-13-3
0570-002-301(ナビダイヤル)
装丁者　荻窪裕司(META+MANIERA)
印刷　株式会社暁印刷
製本　株式会社暁印刷


ISBN978-4-04-914454-3　C0193　Printed in Japan

電撃文庫　https://dengekibunko.jp/

# 電撃文庫創刊に際して

文庫は、我が国にとどまらず、世界の書籍の流れのなかで〝小さな巨人〟としての地位を築いてきた。古今東西の名著を、廉価で手に入りやすい形で提供してきたからこそ、人は文庫を自分の師として、また青春の想い出として、語りついできたのである。

その源を、文化的にはドイツのレクラム文庫に求めるにせよ、規模の上でイギリスのペンギンブックスに求めるにせよ、いま文庫は知識人の層の多様化に従って、ますますその意義を大きくしていると言ってよい。

文庫出版の意味するものは、激動の現代のみならず将来にわたって、大きくなることはあっても、小さくなることはないだろう。

「電撃文庫」は、そのように多様化した対象に応え、歴史に耐えうる作品を収録するのはもちろん、新しい世紀を迎えるにあたって、既成の枠をこえる新鮮で強烈なアイ・オープナーたりたい。

その特異さ故に、この存在は、かつて文庫がはじめて出版世界に登場したときと、同じ戸惑いを読書人に与えるかもしれない。

しかし、〈Changing Times,Changing Publishing〉時代は変わって、出版も変わる。時を重ねるなかで、精神の糧として、心の一隅を占めるものとして、次なる文化の担い手の若者たちに確かな評価を得られると信じて、ここに「電撃文庫」を出版する。

**1993年6月10日**
**角川歴彦**

応募総数 4,411作品の頂点！

# 第28回 電撃小説大賞受賞作

## 好評発売中

第28回 電撃小説大賞 大賞 受賞

### 『姫騎士様のヒモ』

著／白金 透　イラスト／マシマサキ

**エンタメノベルの新境地をこじ開ける、衝撃の異世界ノワール！**

姫騎士アルウィンに養われ、人々から最低のヒモ野郎と罵られる元冒険者マシューだが、彼の本当の姿を知る者は少ない。「お前は俺のお姫様の害になる——だから殺す」。選考会が騒然となった衝撃の《大賞》受賞作！

第28回 電撃小説大賞 金賞 受賞

### 『この△《さんかく》ラブコメは幸せになる義務がある。』

著／榛名千紘　イラスト／てつぶた

平凡な高校生・矢代天馬は、クラスメイトのクールな美少女・皇凛華が幼馴染の椿木麗良を密かに溺愛していることを知る。だが彼はその麗良から猛烈に好意を寄せられて……!?　この三角関係が行き着く先は!?

第28回 電撃小説大賞 金賞 受賞

### 『エンド・オブ・アルカディア』

著／蒼井祐人　イラスト／GreeN

究極の生命再生システム《アルカディア》が生んだ“死を超越した子供たち”が戦場の主役となった世界。少年・秋人は予期せず、因縁の宿敵である少女・フィリアとともに再生不能な地下深くで孤立してしまい——。

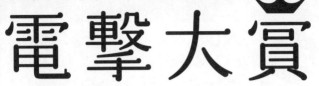